KB061434

우리 오늘도 살아 있네?

우리 오늘도 살아 있네?

공씨 글·그림

평범해서 특별한, 공씨의 그림일기

위즈덤하우스

무던하지만 위대한 당신의 순간들

사실, '긍씨'라는 사람의 이야기가 이 드넓고도 작은 지구라는 별 위에서 대단히 요란스럽게 회자될 만한 사건은 아니라는 걸 알고 있습니다. 그럼에도 이 모래알 같은 이야기를 그리고 쓰기로 결심한 건, 신이 주신 선물이라고도 일컬어지는 '망각' 때문이었습니다. 사랑하는 가족이 손쓸 수 없는 병에 걸린 후, 환자라는 새로운 이름을 얻은 가족을 보호하는 삶에 익숙해지던 날들. 문득 돌이켜보니 어느새 나의 다양한 감정들이 흐려지고 있다는 걸 깨달았습니다. 이윽고 그 자각은 '기억과 감정의 망각'이 사랑하는 내 아버지, 별씨까지 잊게 만드는 것은 아닐까 하는 두려움으로 나아갔습니다.

'더 흐려지기 전에, 더 잊혀지기 전에 우리가 같이 지나온 시간들을 남겨두자.'

세상에서 가장 평범했고, 그랬기에 더더욱 내 세상에서 가장 특별한 사람이었던 아버지 별씨와 나, 우리의 이야기 '긍씨의 글림일기'는 그렇게 시작됐습니다. 지극히 사적일 것이라고 생각했던 시간들은 수많은 사람들에게 읽혀지며 각자의 이야기가 되었습니다. 우리만의 순간일 거라 여겼던 일들이 사실은 또다른 누군가의 순간들이었고, 때로는 앞으로 거쳐가야 할 과정이기도 했습니다. 조촐하고 느릿한 이야기는 다르면서도 또 비슷한 아픔을 가진 사람들 사이에서 제법 단단한 생명력을 얻게 됐습니다.

'긍씨의 글림일기'가 금방 휘발되지 않고 물성으로 남아 우리의 연대가 되어주었으면 하는 바람으로 『우리 오늘도 살아 있네?』를 쓰게 되었습니다. 『우리 오늘도 살아 있네?』는 아버지 별씨의 투병기로 시작했지만, 더 나아가 그로 인해 깨달은 가족의 소중함, 내가 스스로를 사랑하게 되고 더 나아가 타인과 세계를 포용하게 되는 성장담을 시간순으로 기록한 책입니다. 이 책이 가장 개인적인 이야기이자 또다른 '우리들'의 이야기로서 폭넓게 기능하길 조심스레 소망해봅니다.

긍씨 박은선

차례

2부

아팠고, 앞으로도 아플 우리 모두를 위해

3부

그럼에도 불구하고 우리 이렇게 사랑하네

1부

죽지 말고 제발 살아 있자

도망치면

끝일 줄 알았지

2017년 7월, 나는 8년 만에 도쿄에서 한국으로 돌아왔다.

당시 도쿄의 여름은 지독히도 습했다. 19kg짜리 캐리어 두 개를 끌고 기차를 타고 공항으로 가던 길, 이미 내 몸은 소금땀에 잔뜩 절어 버석버석한 상태였다. 세 정거장 정도를 지나고서야 냉방 칸의 차가운 공기에 몸의 열기가 가라앉았다. 그제서야 창 밖의 풍경을 바라보았다. 지난 8년 중 5년간 지겹도록 봐왔던 도쿄의 검고 세련된 풍경들. 익숙한 건물들이, 처음 보는 건물들이 골고루 시야를 스쳐 지나갔다. 멍하니 도쿄의 풍경을 바라보다가, 도망갈 때가 되어서야 비로소 이 도시를 음미할 여유가 생겼다는 것이 놀라워 웃음이 났다. 하지만 기쁨의 웃음은 아니었다. 비겁한 선택을 한 스스로에 대한 자조일 뿐이었다. 변명의 수식어가 필요할까? 무슨 말을 갖다 붙여도, 그때의 결정은 도피였다. 8년에 걸친 나의 외국 생활은 뿌리 한줄기조차 내리지 못한 채 철저히 실패로 끝났다.

큰 물에서 놀며 원대한 소망을 이루겠다는 알량한 꿈 하나만을 가지고 건너갔던 이웃나라. 전공자들 사이에서는 선망받는 회사에 취직했을 때, 이제 남은 건 타인의 인정과 성공뿐인 줄 알았다. 하지만 그 알량한 야심이 무너지는 건 그리 오랜 시간이 걸리지 않았다. 주변으로부터 온갖 부러움을 받으며 들어간 첫 회사는 경영난을 겪으며 내가 입사한 지 4년 만에 몰락하고 말았다. 이후 새로 들어간 회사에서 내가 할 수 있는 일이라곤 증빙서류를 만들고, 야근하는 상사들의 눈치를 보며 채워지지 않는 엑셀을 무의미하게 띄워놓는 일뿐.

"솔직히 말해서, 박 상이 하는 일은 일본인도 얼마든지 할 수 있어. 아니, 훨씬 잘할 수 있어."

상사의 경멸 섞인 말을 들은 날 오후, 나는 두 번째 회사의 짐을 정리했다. 통상적으로 1개월 전에 사의를 표명하고 인수인계를 마쳐야 했지만, 주어진 일이 없는 무능한 사원의 빈자

리는 누구든지 메꿀 수 있었다. 오히려 상사는 내가 빠르게 책상을 비우는 것을 쌍수를 들고 환영했다. 그 지경에 이르니 더 이상 도쿄에 있고 싶지 않았다. 나에게 유독 곁을 내주지 않는 냉정하기만 한 이 도시에서, 친인척 하나 없이는 혼자 버틸 수 없는 지경에 이르렀다.

'도망가고 싶어.'

오로지 그 마음뿐이었다. 그것이 실현되지 않으면 폭발할 것만 같았다.

"一時帰国ですか？それとも一。(일시귀국이신가요? 아니면….)"

"完全帰国です。(완전히 돌아갑니다.)"

일본에서의 8년,
여권 보여주세요.
네.
나는 점점 이방인으로
혼자 버티는 삶에 한계를
느끼게 되었습니다.

홀로 감내하기에 너무 커다란 고독함,
자괴감이 나를 덮쳐 왔고
도망갈래.
이곳을 떠나야만 살 수 있다고 생각했어요.

일시 귀국인가요?
아니면….
아예 돌아가요.

그래도 힘들면 도망갈 수 있는 도피처가 있다는 게
한국에 가면 엄마랑 아빠도 있고, 집세도 안 낼테고 말이지….
이젠 나도 맘 편한 곳에서 편히 좀 살자….
그때는, 내심 기뻤습니다.

남들처럼 적당히 응석 부리고, 아무 생각 없이,
그냥 행복하게만 살자.
이륙하는 비행기 안에서 다짐했습니다.

다시 돌아온 한국
엄마는 일하고 있겠지.
아빠는 아프다고 했으니….
인천공항에서 나를 맞이해준 사람은
아무도 없었습니다.

도합 32kg짜리 캐리어를 양손에 들고
부천까지 혼자 가야만 했어요.

엄마, 아빠!
딸내미가 왔어요~

그리웠던 집에서
나를 처음으로 반겨준 건…

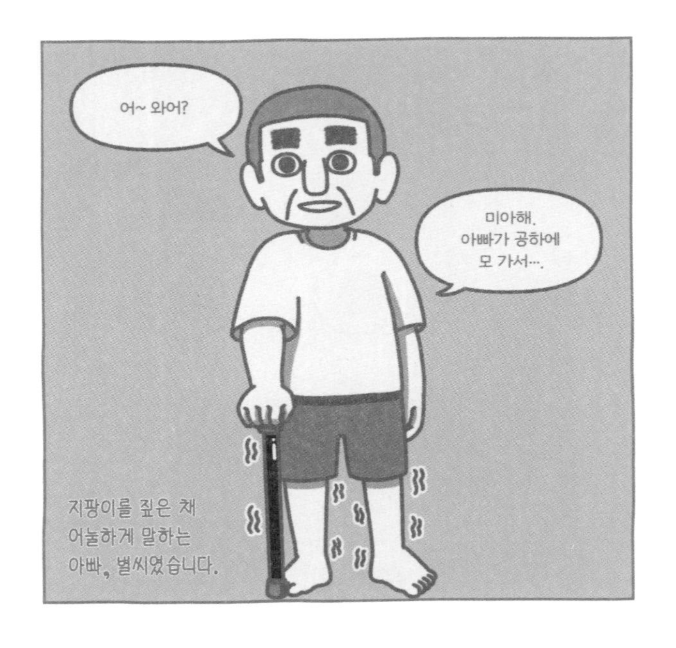
어~ 와어?
미아해.
아빠가 공하에
모 가서….
지팡이를 짚은 채
어눌하게 말하는
아빠, 별씨였습니다.

이제
받아들여야만 해

"아빠, 나 왔어!"

그래도 오랜만의 재회니까, 기왕이면 밝게 인사해야지. 시뻘개진 낯빛에 말라붙은 소금기가 버석거리는 게 느껴질 정도로 나는 과장되게 씩씩한 미소를 지었다. 곧 신발장 오른쪽에 위치한 작은 방에서 인기척이 느껴졌다. 하지만 예상했던 종류의 속도감이 느껴지지 않았다. 그는 아주 천천히, 덜그럭거리는 소리를 내며 나에게 다가오고 있었다.

"어, 와어? (어, 왔어?)"

위태롭게 부들부들 떨리는 다리를 지팡이에 의지한 채 한 발 한 발 내딛는 중년의 남성. 지팡이를 짚은 손마저 무게를 지

탱하기 위해 양옆으로 흔들리고 있었다. 입꼬리가 계속 위로 올라가려고 씰룩거리는 것을 보고, 그가 나를 보고 웃고 있는 것이리라 짐작했다. 그는 자신의 의지와는 상관 없이 굳어버린 혀와 입술을 어떻게든 움직이려 애쓰고 있었다.

그제서야 나는 눈앞에 서 있는 사람이 나의 아버지라는 것을 자각했다.

"아하가… 모이, 안 오아어…. 미아애. (아빠가 몸이 안 좋아서…. 미안해.)."

별씨는 신발장 바로 앞에 놓인 캐리어를 몇 번이고 쓸어 내렸다. 더 열렬하게 딸을 환영해주지 못한 것에 대한 아쉬움이 가득한 손길이었다. 몸이 멀쩡했더라면, 세상 둘째가라면 서러울 팔불출인 그가 늦둥이 막내딸에게 그 먼 길을 혼자 오게 했을 리 없을 테니.

"많이 보고 싶었어, 아빠!"

일부러 오도방정을 떨며 밝은 목소리를 냈다. 아주 찰나의 순간 스쳐 지나갔을 나의 당혹스러운 표정을 별씨가 읽지 않았기를 간절히 바라면서. 캐리어를 사이에 두고 우리는 어색한 포옹을 나눴다. 좁은 거실 위로 캐리어를 대충 올려두고 나는 다시 천천히 작은 방으로 들어가는 별씨의 뒷모습을 응시했다. 절뚝이는 걸음걸이, 근육이 제 기능을 잃었음이 분명한 앙상해진 다리, 하얗게 세어버린 머리…. 키가 크고 건장했던 모습은 이제 존재하지 않았다.

분명히 우리 아빠인데, 내가 그토록 사랑하는 우리 아빠임에 틀림없는데…. 지독하게 어색하고 당혹스럽기만 했다. 그래도 놀라지 않으려 애썼다. 아니, 놀란 내 가슴이 별씨에게 전해지지 않았으면 했다. 혹시라도 그 마음이 전해지는 순간, 우리의 유대감에 아주 작은 실금이라도 그어질까 봐 두려웠기에.

네 인생에 걸림돌이 되지 않도록 할게

하지만 직접 본 별씨의 모습은
생각보다 더 심각한 상태로
보였습니다.
지팡이에 의지한 가느다란 다리, 어눌한 말투,
무엇보다 총기를 잃은 눈빛….

아빠는 한다면
하는 사람이야!
누구보다도 건강하고 강인하던 별씨였기에
지금 모습이 더더욱 거짓말 같았습니다.

아빠…
많이 아파?

…

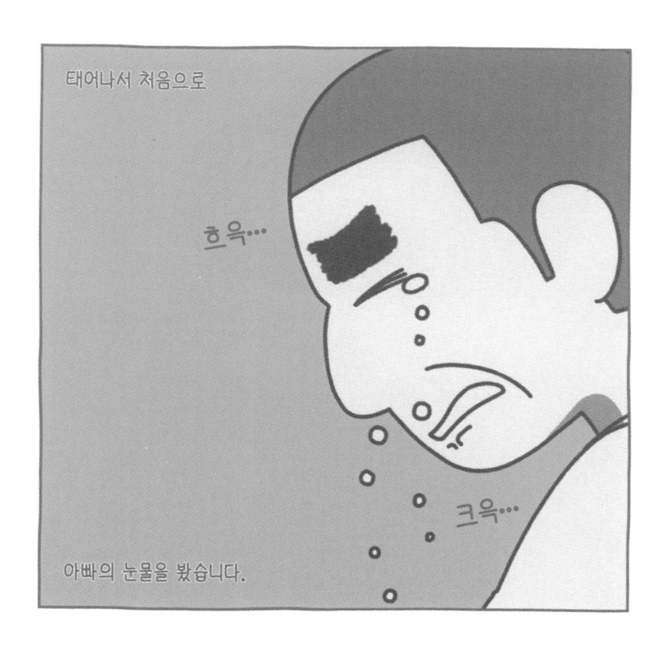
태어나서 처음으로
흐윽…
크윽…
아빠의 눈물을 봤습니다.

장애 등급이…
3급이 나왔어….

한국에 도착한지 네 시간 만에
나는 비로소 깨닫게 되었어요.

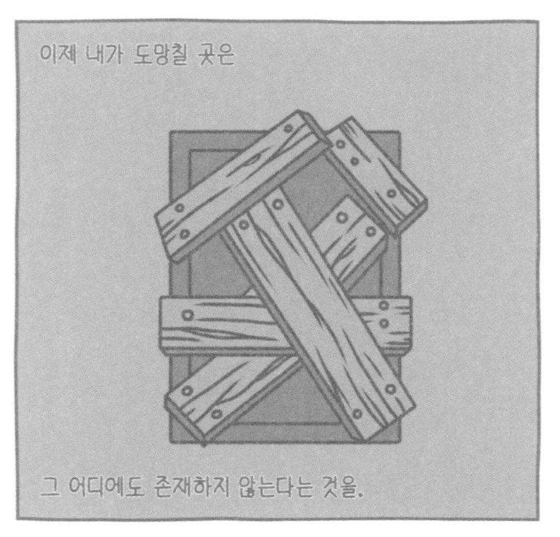
이제 내가 도망칠 곳은
그 어디에도 존재하지 않는다는 것을.

아빠가 아픈 건
상상도 할 수 없어

목 디스크 증상 외에
별 다른 이상 소견은
발견되지 않네요.

병원에서는 벌씨에게 목 디스크 수술을 권유했습니다.

'수술이 끝났으니 다 괜찮아지겠지.' 싶었습니다.

아빠! 수술한 데는
어때? 안 아파?

허허—

이 불행은 잠깐 왔다 떠나는 손님인 줄 알았어요.

* 의학적 소견과 상관없는 개인적 견해일 뿐입니다.

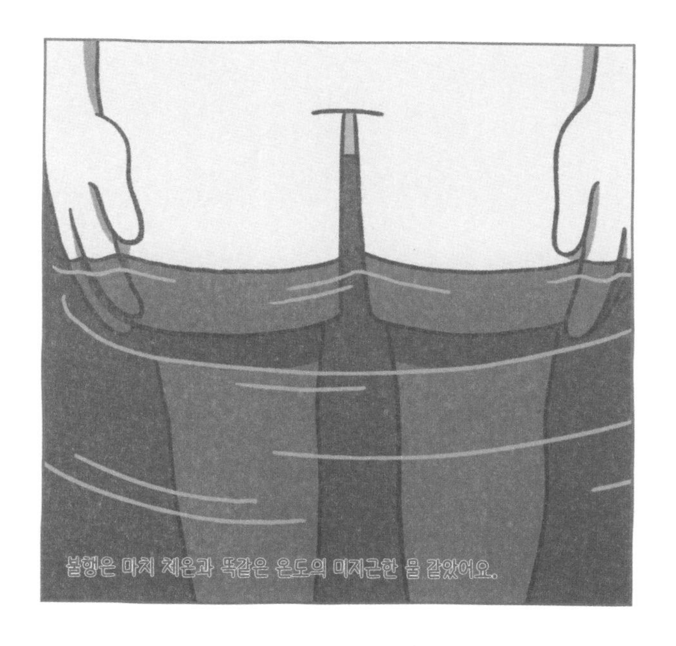
불행은 마치 체온과 똑같은 온도의 미지근한 물 같았어요.

정신을 차렸을 때는 이미 숨 쉴 구멍조차
사라진 상태였습니다.
더 이상 도망갈 곳은 없어 보였어요.

아빠의 자부심

건강했던 시절, 별씨는 20여 년 가까이 학교 앞에 뽑기 기계를 납품하고 설치하는 일을 해왔다. 하교 시간에는 종종 아이들과 마주치곤 했었는데, 기계를 점검 중이라 뽑기를 즐길 수 없어 아쉬워하는 아이들에게 그는 경품을 선뜻 선물하기도 했다. 내 아이 남의 아이 가릴 것 없이 어린 생명을 몹시도 귀여워하던 그에게 뽑기 기계를 설치하는 일은 어쩌면 천직이었을지도 모른다. 덕분에 별씨는 한 번 인연을 맺은 거래처와는 기본적으로 10년 이상 협업을 이어갔다. 여기저기 돌아다녀야 한다는 리스크 때문인지 부업 삼아 가벼운 마음으로 시작했다가 두 손 두 발 다 들고 사라지는 이들도 참 많았다. 그럼에도

불구하고 꿋꿋이 그 바닥에서 몇십 년을 버텨왔다는 자부심은 별씨의 원동력이자 그를 이루는 가장 큰 기둥이었다.

하지만 점점 초등학생의 수가 줄어들면서 거래처의 수도 함께 줄어들게 되었다. 별씨는 먹고살기 위해 겸업으로 경비 일을 시작했다. 지금은 달라졌을 수도 있지만 당시만 해도 경비원은 보통 24시간 동안 일을 하면 24시간을 쉬는 시스템이었다. 하루를 꼬박 일하고 돌아와서 정신없이 잠의 늪에 빠졌다가도 별씨는 낮이면 주섬주섬 차 키를 챙겨 뽑기 거래처를 돌았다. 딱 한 군데에서 기계 수리만 마치고 오는 한이 있더라도.

"아하- 아아햐. (아빠랑 나가자.)"

몸이 불편해진 직후에도 별씨는 일을 멈추지 않았다. 종종 주말마다 별씨는 나를 이끌고 바들바들 떨리는 손으로 운전대를 잡고 거래처를 돌고는 했다. 물론 거래처로 향하는 길은 예전 같지 않았다. 현관문에서 3분이면 도착할 거리까지 우리는 20분 가까이의 시간을 소요해야만 했다. 구축 아파트의 낮은 계단은 고작 다섯 칸. 별씨는 그 다섯 칸을 내려가기 위해 계단 옆 손잡이를 하염없이 꽉 잡고, 목발과 리듬을 맞춰 한 발 한 발 옆으로 서서 걸음을 옮겼다. 예전이었으면 '몸을 싣는다'라는 표현도 민망할 만큼 재빠르게 올라탔을 자가용에도 그야말로 젖먹던 힘까지 모두 쥐어짜서 요령을 갖춰 올라타야만 했다.

'혹시 운전 중에 사고가 나면 어떻게 하지?'

나는 별씨와 동행할 때면 늘 조마조마한 마음으로 안전벨트를 맸다. 천만다행으로 40년 경력의 운전 실력은 녹슬지 않았다. 핸들 위에 올라간 손은 언제 그랬냐는 듯이 능숙하게 평생의 파트너를 다루고 있었다. 아직까지는 그가 뜻대로 다룰 수 있는 자유로움 하나가 남아 있음에 안도의 한숨과 감사를 동시에 느꼈다.

어느 주말, 좁은 문방구 안에서 일을 보시던 거래처 사장님이 익숙한 얼굴을 보고는 반갑게 밖으로 뛰어나왔다.

"아니, 사장님! 이게 무슨…."

반가움이 놀라움과 곤혹스러움으로 바뀌는 데에는 오랜 시간이 걸리지 않았다. 거래처 사장님은 별씨의 앙상해진 다리와 미끌거리는 알루미늄 지팡이를 말없이 내려다 볼 뿐이었다. 어색한 미소로 고개만 까딱인 채 별씨는 익숙한 오락기로 향했다. 그제서야 사장님은 한 발 뒤로 물러났다. 기계에서 약간의 결함이 발견된 모양인지 별씨는 손을 느릿하게 내 쪽으로

뻗었다. 나는 무엇을 건네야할지 몰라 머뭇거렸다.

"이히 다 혀. (이리 다 줘.)"

사용하기 편하게 수리도구를 바닥에 내려놓자 느릿느릿한 손놀림으로 별씨는 수리에 들어갔다. 비록 예전 같은 빠릿빠릿함은 사라졌지만 전선 하나하나를 뜯어보는 손길과 눈빛에는 진중함이 서려 있었다. 육신의 자유가 종말을 향해 달려가고 있기에 그 순간이 간절하고 소중했을지도 모른다. 성치 않은 몸으로 한 푼이라도 더 벌고 한 명이라도 더 만나겠다는 의지가 굳어가는 등 뒤로도 느껴졌다. 그런 별씨가 안쓰러워 코가 찡해지는 바람에 나는 괜히 뒤돌아 서서 두 발로 괜한 바닥만 툭툭 쳐댔다.

"사장님, 이거요."

수리와 수금을 모두 끝내고 돌아가려는 길이었다. 거래처 사장님이 나와 별씨를 불러 세웠다. 사장님이 내민 것은 알루미늄 지팡이보다 훨씬 튼튼해 보이는 밤색의 목제 지팡이었다. 손잡이는 훨씬 넓직하고 부드러운 곡률을 갖고 있었고, 대나무 마디처럼 디자인되어 있었다. 알고 보니 사장님은 노인용 지팡이도 함께 취급하고 계셨다. 별씨는 잘 나오지 않는 목

소리 대신 한사코 손을 저으며 거절했다. 딱 봐도 진열된 녀석들 중에 가장 비싼 것일 터였다. 그러나 사장님은 기어코 별씨의 손에 지팡이를 꼭 쥐어주시고는 조금 떨리는 목소리로 말을 이어 가셨다.

"금방 나으실 거예요, 사장님. 저도 기도 많이 하고 있을 테니까 기운 내세요."

별씨는 새 지팡이를 짚고 차로 돌아가는 길에 거래처 사장님을 몇 번이고 돌아보며 인사를 멈추지 않았다. 그 선물을 받은 이후로 별씨는 두 번 다시 그 문방구에 가지 못했다. 하지만 지팡이는 보행보조기가 집에 들어오고 이윽고 휠체어가 등장한 지금까지도 여전히 별씨의 곁을 지키고 있다. 그 얄쌍하고 단단한 막대기는 오랜 시간 그의 멈춰가는 육신의 자유와 들썩이는 감정을 묵묵히 목도했다. 그를 아는 타인의 염원과 그것을 바탕으로 좌절하지 않으려는 별씨의 의지, 애석하고 야속하게도 빠르게 지나가고 있는 우리의 일상도 함께.

별씨는 아프기 3년여 전부터
오락기 설치일과 함께
아파트 경비일을 겸했었습니다.

아가
어디 가니~?
안녕하세요!
워낙 사람을 좋아하는 터라 일이 참 재밌었다고 해요.

꽤 빨리 대장직까지 올라갔지만
건강이 나빠진 후에는
격일 근무를 버틸 수 없게 되었습니다.

일을 그만 두고 6개월간 실업 급여를 받으면서
...
벌써는 조금 의기소침해졌습니다.

한 달에 두세 군데씩 일자리를 알아보며
재기를 꿈꿨지만
응.
이거?
워크넷 대리 검색 담당 궁씨
'돌아가지 못하면?'이라는 불안감이 있던 거죠.

그래도, 발 넓은 인간관계 덕분에
대장님!
몸은 좀 어떠세요?
다 나오시면
저희 아파트로
오세요~
대장님은
금방 나오실 겁니다!
같이 일하던 분들에게서 자주 연락이 왔습니다.

금방 다시 돌아갈 거니까
초심을 잃지 말아야지!

스스로에게 용기를 북돋워주기 위해서
별씨는 대원복과 대원모를
가장 잘 보이는 곳에 걸어두었습니다.

장애,
누구에게나 일어날 수 있는 일

결국 별씨는 자신의 의지와 상관없이 일을 그만두게 됐다. 성인이 된 이후로 처음으로 실업자가 된 것이다. 한평생 일을 해오던, 하물며 밖에서 사람들과 만나는 것을 무척 즐거워하던 별씨에게 실직은 사형 선고나 다름 없었을 것이다. 다행히 한 직장에서 긴 시간을 일했고 계약 종료로 그만둔 것이기에 실업 급여를 받을 수 있었다. 허나 그조차도 6개월의 유예 기간이 정해져 있었다.

"아빠, 어디가?"

"면-협. (면접.)"

습도가 유난히 높았던 여름날, 무거운 몸을 억지로 이끌고

서라도 별씨는 면접을 위해 외출을 감행했다. 실업 급여를 받기 위해서는 매달 해내야 할 몇 가지의 미션들이 있다. 그중 하나가 바로 지원 이력을 확인하는 일. 별씨는 '워크넷'에서 매달 꼬박꼬박 장애인들을 대상으로 한 구인구직 소식을 찾아봤다. 컴퓨터를 다루는 게 익숙하지 않았기에 검색 업무는 나의 몫이었다. 좌절하지 않고 별씨는 꾸준히 밖으로 나가려고 했다. 경비로 일한 기간이 길었던 탓에 별씨에게는 함께 일하던 후배 직원들이 있었다. 외출의 목적은 관리직으로 옮겨 간 그들에게 찾아가 이력서를 내밀기 위함이었다. 자존심 강한 성격 탓에 별씨는 경비일을 그만두던 순간에도 장애로 인한 후유증으로 사직하게 됐다는 말을 꺼내지 못했다고 했다. 그저 몸이 조금 좋지 않다는 핑계를 둘러댔다.

"대장님! 몸은 좀 어떠신가요? 한번 뵙고 싶습니다."

"대장님이 없으니 아파트 단지가 괜히 넓어 보이네요."

"몸 좀 괜찮아지시면 제가 일하는 단지로 오세요."

함께 일했던 동료들은 별씨에게 꾸준히 연락했다. 일을 그만두고도 별씨는 격려받았고 그들의 응원에 매번 감사해 하고 또 황송해 했다. 염치없는 부탁이라 여기면서도 별씨는 한 달에 두세 번씩은 꼬박꼬박 동료들과 안부를 나누고 그들이 있는 곳으로 향했다. 비록 그 길에 함께하진 않았지만 짐작할 수 있다. 당당한 풍채와 태도를 자랑하던 별씨를 기억하고 있던 이들은 하나같이 수척해진 그의 모습에 경악을 숨기지 못했을 터. 하지만 사회인으로서 끝까지 기능하고 싶었던 별씨는 그들에게 찾아가 이력서를 내밀기를 주저하지 않았다.

하지만 아쉽게도 그 만남들이 재취업으로 이어지진 못했다. 시간이 흐르면서 더이상 찾아갈 곳도 여의치 않게 됐고 동료들과의 연락도 서서히 줄어들기 시작했다. 서운하고 서러울 법도 하건만, 별씨는 정작 그런 흐름에는 깊이 슬퍼하지 않았다. 어차피 먹고사는 와중에 맺게 된 인연들이었다. 각자 부양해야 할 가족이 있는 가장들이었기에 각별한 동정과 챙김에 시간을 온전히 쏟지 못하는 것은 당연하다고 여겼다.

사실 별씨를 위축시킨 것은 사회구성원으로서의 쓸모가 사라지고 있음을 피부로 확인하는 것이었다. 장애인 구직은 계속해서 올라왔지만, 기업이 원하는 장애인 직원은 적어도 '몸을 가누는 기능 자체에는 무리가 없는 사람' 이어야만 했다. 다시 나을 수 있을 것이라는 희망을 온전히 버린 것은 아니었지

만 잔인한 육체의 현실은 악화일로를 걷고 있을 뿐이었다. 다섯 칸짜리 계단을 내려가는 데에 15분 이상씩 걸리는 직원을, 그 어떤 회사에서 두 팔 벌려 맞이해줄 수 있을까? 장애를 배려받을 수 있는 핸디캡에도 전제 조건이 있었다. 사지를 의지대로 가누지 못한다는 조건은 그 핸디캡의 마지노선에서도 멀어지게 만들었다.

'장애나 경제적 빈곤은 누구에게나 있을 수 있다.'

문장으로는 참으로 쉽게 적을 수 있는 이 한 줄. 한평생을 통틀어 '사회적 배척'이라는 것이 우리 가족에게 침습하는 일은 단연코 없을 것이라 생각했다. 그때까지만 해도, 나와 우리 가족들은 장애나 후유증이라는 것이 무언가의 징벌적 결과물이라고, 당연히 그것이 이 가정에 스며들 일은 없다고 생각했다. 우리는 비록 대단히 부유하고 훌륭하진 않더라도 성실하게 각자의 삶을 꾸렸고, 그것을 바탕으로 가족공동체를 이뤄왔으니까. 어째서 우리들은 그 시절 그토록 쉽게 '정상적인 삶'을 평생 영위할 수 있다고 교만했던 것일까?

별씨는 실업 급여가 끝나는 날까지 구직 활동을 멈추지 않았다. 몸에 베어 있는 성실함은 육체적 불편함을 앞서 있었다.

하지만 어느 시점부터 모두가 깨닫게 되었다. 이 기간이 끝나고 나면 그의 사회적 활동은 사실상 사망 선고를 받게 될 것이라고. 실업 급여를 받는 6개월은 육체의 죽음보다 쓸모의 죽음이 더 비참할 수도 있다는 깨달음을 받아들일 수 있도록 도와주는, 완충의 유예 기간이었다.

가족의 역할

집안에 아픈 사람이 생기면
그를 지켜보는 가족들까지 함께 곪아갑니다.

가장과 보호자의 역할을 모두 떠맡은 엄마가
가장 빠르게 곪아가는 건 당연한 수순이었습니다.

아침에는 다정하게 별씨를 케어해주고
집을 나선 엄마가
금방 다녀올게!

기껏 차려놨더니
제대로 먹지도 않고!
사람 기운 빠지게!
퇴근 후에 잔뜩 날카로워져서
돌아오는 건 예삿일도 아니었습니다.

굳어가는 몸 안에 갇혀버린 별씨와
남들이 보면 내가 굶기는 줄 알겠어!
그럼 어쩌라고! 먹을 힘이 없는데!
그런 별씨의 몫까지 짊어지고 가야 하는 엄마.

현실 부정과 절망을 반복하며
엄마는 꽤 긴 시간 방황했습니다.
남들은 한창 재밌게 살 나이에….
내가 뭘 그렇게 잘못했지?
고생해서 자식들 키운 죄밖에 더 있어?
그런데 내 인생 이게 뭐야?

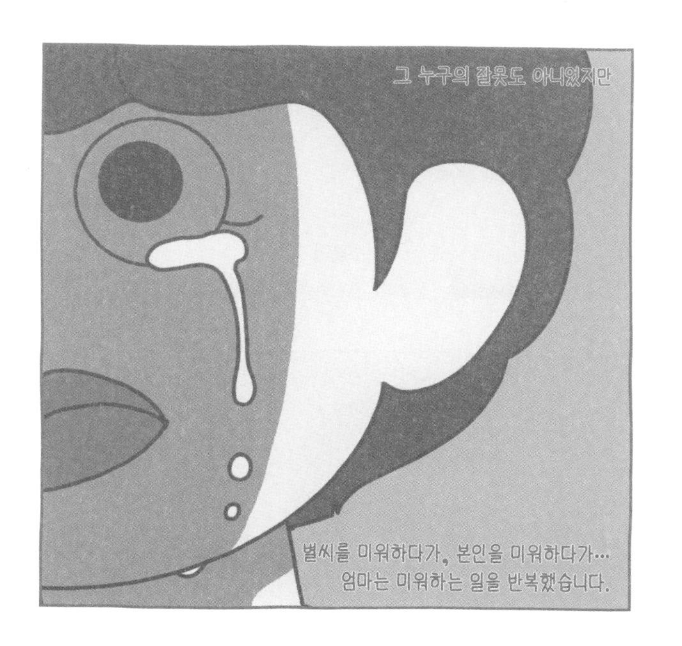
그 누구의 잘못도 아니었지만
별씨를 미워하다가, 본인을 미워하다가…
엄마는 미워하는 일을 반복했습니다.

그 사이에서
나 역시 혼자서 계속 되뇌었습니다.

왜 하필…
우리에게 이런 일이?

오만하게도, 나는 이런 가정의 형태가
당연히 남들의 몫인 줄 알았습니다.
내 몫이, 내 인생의 일부가 될 거라고
예상조차 하지 못했어요.

남들처럼 살자

귀국한 이후 나는 엄마와 별씨, 이렇게 세 명이서 함께 살게 됐다. 더 이상 경제 활동을 할 수 없게 된 별씨 대신 동거인인 엄마와 내가 경제권과 간호를 도맡는 건 당연한 수순이었다. 갑작스러운 별씨의 투병이 버거운 적은 있었어도, 책임감 강한 두 여자 중 어느 누구도 별씨를 보살피는 일을 피하려고 하지 않았다. 어쩌겠는가. 난치병을 얻었어도, 장애인이 되었어도 소중한 나의 가족인 것을. 하지만 누군가는 진정 도와줄 마음은 없지만 한마디씩 얹고는 싶었던 모양이다. 투병하는 이와 함께하면서 느낀 점은, 사람들은 정말이지 본인들이 생각하기에 지킬 것이 많은 약자일수록 '~다움'을 타인에게 강요한다는 점이었다.

여행을 가려고 하면 "아픈 사람을 놔두고… 안 미안해?"라며 마음의 죄책감을 건드렸고, 늦은 시간까지 일을 하고 들어오면 "혼자 있는 사람이 너무 불쌍해"라며 방치자 취급하기 일쑤였다. 그 화살은 심지어 다른 가족을 향하기도 했다. 기혼자인 언니와 오빠는 별씨에게 매일 연락하고 매일 찾아오지 않는다는 이유로 '불효자식'으로 취급받으며 '무자식이 상팔자'라는 지극히 주관적인 누군가들의 논리에 이용되기도 했다.

"아빠 불쌍하잖아. 그러니까 너희들이 잘해드려."

"어떻게 해야 잘해드리는 건데?"

"계속 옆에 있어드리면서 정성껏 돌봐드려야지."

"그럼, 돈은 누가 버는데?"

"돈보다 사람이 중요하지. 이런 상황에서도 돈이 그렇게 중요하니?"

"병든 사람 돌보려면 한두 푼 드는 게 아닌데?"

"걱정해서 하는 말인데, 왜 그렇게 날을 세워?"

모두가 별씨를 몹시도 가여워했다. 허나 그 누구도 그 '잘해줌'의 가이드 라인을 제시하지 못했다.

아마도 그들이 바랐던 그림은 이런 것이었으리라. 상상조차 못할, 아니 사실은 상상할 생각조차 없는 힘겨움을 맞닥뜨렸으니 잔뜩 의기소침해 있을 것이라 생각했겠지. 당연히 돌봐야 하는 가족을 둔 이가 자신들처럼 평범하게 놀고, 먹고, 돈을 벌고, 사랑해서는 안 된다고 여길 것이다. 그들이 상상하는 '장애인의 가족다운' 모습은 욕구와 자유를 거세당한 채 투병에만 몰두하는 처량한 모습일테니까. 조금이라도 감히 무던한 일상을 누리는 것처럼 보이면 그것을 질책함으로써 주눅 들게 만들고, 과한 가여움과 동정에 송구해하는 모습을 보여야만 그들의 직성은 풀릴 것이다. 불행하면 응당 처연해져야 한다는 사고는 놀라우리만큼 보편적이고 꽤나 일관적이라는 걸, 나 역시 별씨의 투병을 통해 깨달았다.

그러나 놀랍게도 결국 비극 또한 적응이 되면 무던해지고 그 안에서의 일상은 꾸역꾸역 흘러만 간다. 우리는 돈을 벌어서 별씨를 외부의 위험으로 보호할 집을 유지했다. 여름에는 그를 시원하게 해야 했으며, 겨울에는 피가 잘 돌지 않기 시작한 신체의 말단이 더 얼어붙을까 따뜻하게 둘러줘야만 했다. 언니와 오빠는 또 어떻고? 오빠는 내가 귀국하기 전, 진단명 없이 떠돌아 다니던 별씨를 위해 휴가를 불사하며 대학병원을 전전했고 수많은 비보험 치료비를 부담했다. 언니는 매번 별씨가 좋아하는 간식들을 형부와 한가득 실어 날랐고 엄마 몰래 용돈을 찔러 넣으며 잔뜩 웅크린 아빠의 어깨가 조금이나마 펴지길 바랐다. 우리에게 보호자다움을 강요했던 사람들 중 단 한 명도 별씨에게 애정어린 말 한마디 전하지 않았다. 과거의 가장이자 영원한 아버지인 그의 육체와 정신을 보호하기 위해 정성을 불사한 것은 다른 누구도 아닌 우리 가족이었다.

해결책 없는 필요 이상의 동정만큼 소용없는 것도 없다. 실제 전장에 나간 병사들의 전투식량에조차 비록 그 맛은 온전치 못할지언정 사기를 돋우기 위한 디저트가 포함되어 있다. 긴 시간을 필요로 하는 투병에 있어서 평온한 일상과 온전한 감정의 희노애락을 누리는 것만큼 중요한 무기는 없다. 미디어가 만든 '투병인과 보호자의 삶'은 정말이지 그저 순간이다. 카메라가 없는 삶 속에서 우리들은 스마트폰을 하고 간식을 먹고 때로는 예능을 보면서 피식피식 미소 짓고는 한다. 별일 없이 살아가는 건강한 남들처럼.

"남들처럼 살자. 안 그러면 오래 못 버텨."

완전히 사라지지 않은 찌꺼기 같은 죄책감이 고개를 들 때면, 엄마가 매번 힘주어 건네던 말을 떠올렸다. 비극이 아니라고 애써 포장하진 않지만 그렇다고 불행에 수몰되어 남은 생까지 좌절에 던져버릴 순 없는 노릇이다. 잔인하고 공평하게 흘러가는 시간과 그 안의 고난을 어떻게 해석할지는 각자의 몫에 달렸다.

우리는 그것을 '누구에게나 닥쳐올 수 있는 일'로 해석하기로 합의했다. 그리고 '보편적인 경험과 희노애락'을 놓치지 않고 만끽하는 것으로 이 시련을 넘어서기로 다짐했다.

몸이 아픈 건 별씨였지만,
으힝??
정작 엄마와 별씨의 걱정거리는 나였습니다.

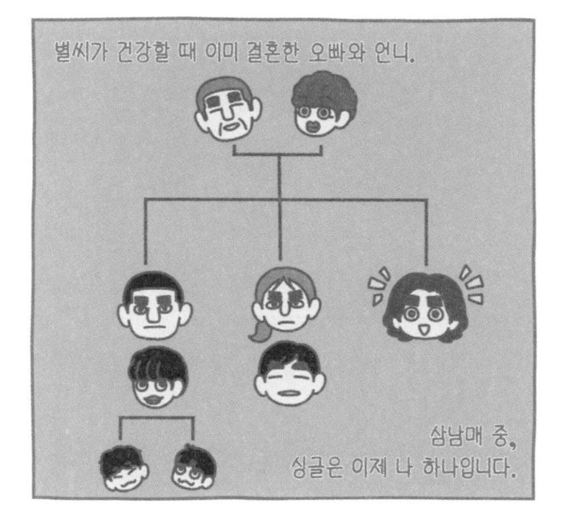
별씨가 건강할 때 이미 결혼한 오빠와 언니.
삼남매 중,
싱글은 이제 나 하나입니다.

'몸이 아픈 아버지'라는 조건이 막내딸의 발목을
잡을까 봐 불안해 하셨죠.
에휴….
왜?
양갱 사올까?

사실, 나도 조금씩 불안해졌습니다.

몰랐는데, 가장 가까운 가족이 아프면
아버지는 뭐하세요?
아… 그, 그게… 몸이 지금 편찮으셔서….
아이고, 그러셨구나….
내가 가진 사회적 입지도 힘을 잃더군요.

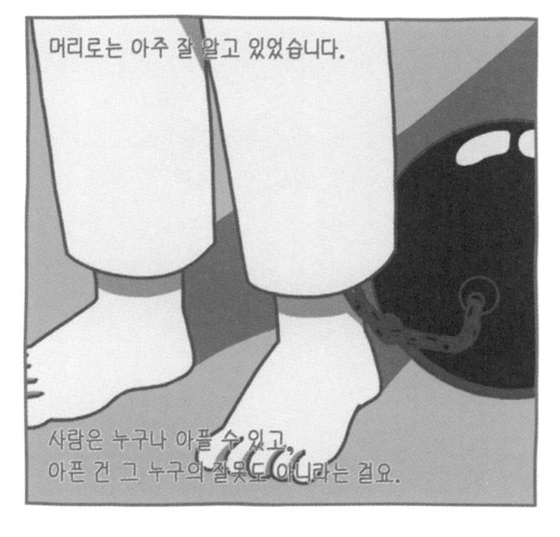
머리로는 아주 잘 알고 있었습니다.
사람은 누구나 아플 수 있고,
아픈 건 그 누구의 잘못도 아니라는 걸요.

못난 마음은 점점 위축되고 있었습니다.
그놈 참 무겁구먼.
쓰윽
내 삶에 족쇄 같은, 핸디캡이 생겼다는 느낌?

그래서 조금 생각을 바꾸기로 했습니다.
이걸 족쇄가 아니라
닻이라고 생각하자!
펑!
무겁지만, 어떤 태풍이 불어와도
중심을 잃지 않고 버틸 수 있는 '닻'을 얻은 거라고.

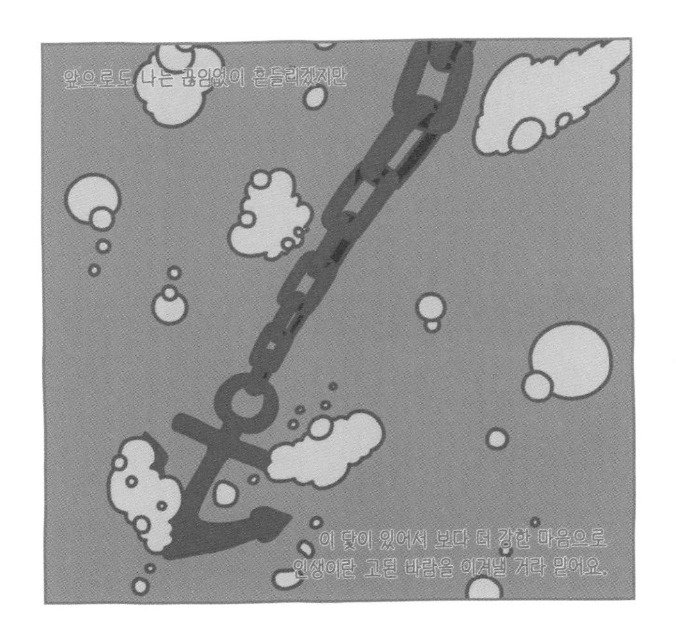
앞으로도 나는 끊임없이 흔들리겠지만
이 닻이 있어서 보다 더 강한 마음으로
인생이란 고된 바람을 이겨낼 거라 믿어요.

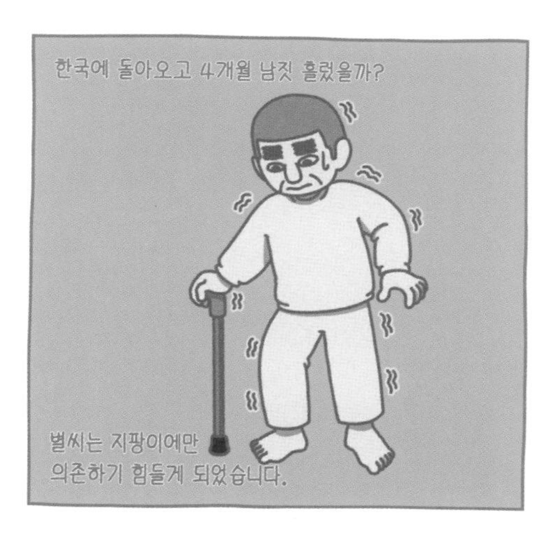
한국에 돌아오고 4개월 남짓 흘렀을까?
별씨는 지팡이에만
의존하기 힘들게 되었습니다.

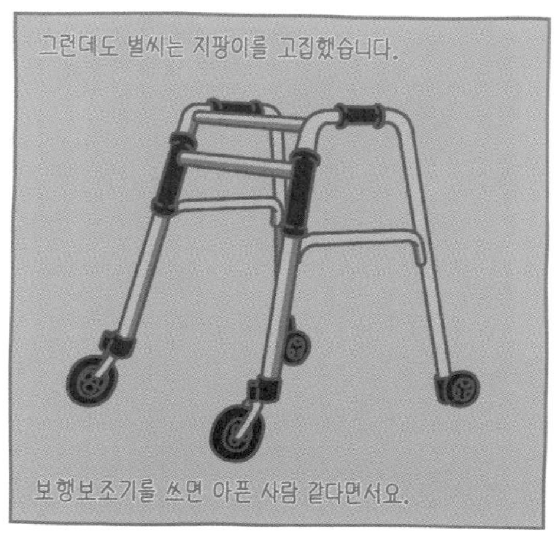
그런데도 별씨는 지팡이를 고집했습니다.
보행보조기를 쓰면 아픈 사람 같다면서요.

그러던 어느 날 밤
쿵!
벌떡!

아, 아빠!!!

크게 다치진 않았지만,
끄-응
으으…
화장실에서 별씨가 미끄러지는
사고가 일어났습니다.

구, 구급차 부르자. 어서!
이게 어떻게 된 거야~!

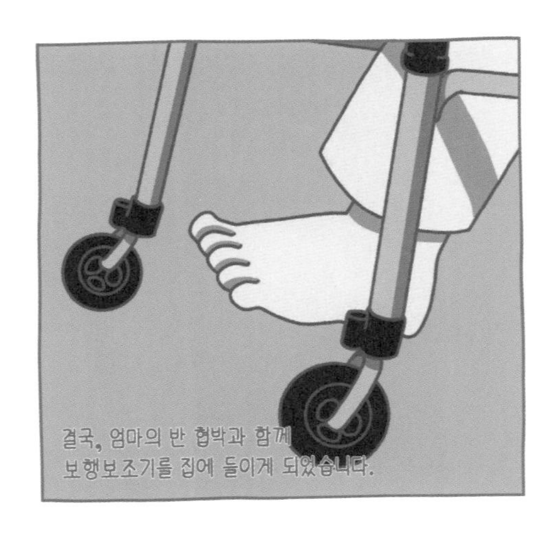
결국, 엄마의 반 협박과 함께
보행보조기를 집에 들이게 되었습니다.

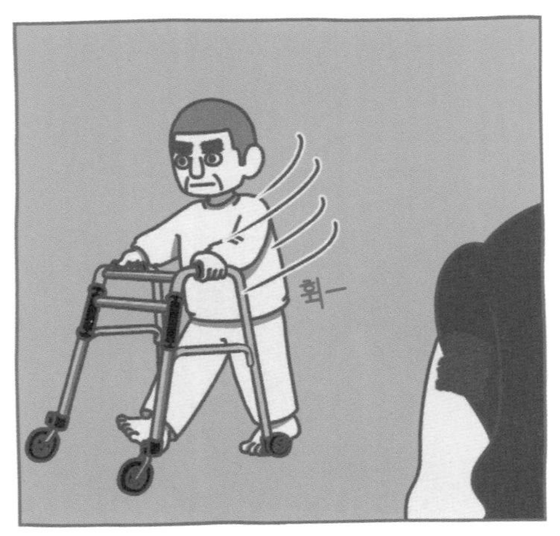
휙—

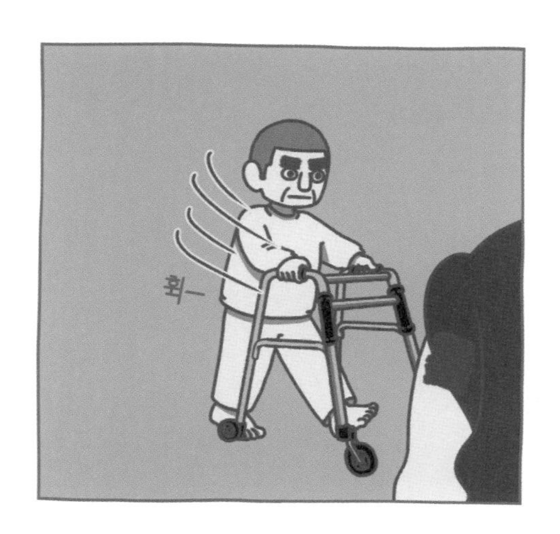
휙—

하지만 역시나 별씨는
평소 성격대로 금방 적응했습니다.
아빠 운전 잘하지?
나니까 되는 거야!
멘탈 짱이다~
척!

죽지 말고
제발 살아 있자

그렇게 한 계절의 언덕을 넘었다. 어느덧 습하고 끈적이던 여름 공기는 차가운 가을 냄새를 품었다. 시간의 흐름 속에서 병세는 야속하리만큼 빨리 발전했다. 별씨의 몸은 주인의 의지와 명령을 천천히 확실하게 거부했고, 그의 '언어'는 점점 '소리'에 가까워지고 있었다. 뚜렷한 영혼이 죽음같은 육신의 구속에 피폐해지고 있음을, 극단적으로 단조로워지는 별씨의 생활이 말해주고 있었다. 새벽 늦게까지 유일한 유희인 TV를 보다가 쓰러지듯 잠들고, 느지막히 일어나 손바닥만 한 방 안에서 엄마나 내가 퇴근할 때까지 옴짝달싹 할 수 없는 나날들이 반복되었다. 점점 별씨는 그를 충만하게 이루고 있던 총기를 하나 둘 잃어버리기 시작했다.

"죽고 싶다…."

이 무렵 별씨는 습관처럼 이 말을 반복했다. 처음에는 마음이 덜컥 하고 내려앉는 기분에 그에게 역정을 내기도 했으며 때로는 무책임하다며 힐난했다. 그래도 함께 하고 싶은데, 무너져버린 몸일지언정 하루라도 더 옆에 있어주길 바라는 우리들의 소망을 별씨가 내치고 있다는 이기적인 두려움에 큰소리를 내는 날도 많아졌다. 하지만 뜻대로 살아갈 수 없는 이의 적나라한 하루를 목격하는 날들이 반복되며 나 역시도 불현듯 의문을 품게 되었다.

'이렇게라도 살아가길 바라는 것이 과연 정말로 아빠를 위하는 길일까?'

비록 죽음 뒤의 세상을 알 턱은 없었으나, 적어도 이승에서의 이 고통보다는 나을 것만 같았다. 당사자에게도, 그걸 지켜보는 목격자에게도 현실의 하루하루는 벼랑 끝으로 곤두박질치는 슬픔만이 가득한 시간일 것이 뻔했으니까. 어느덧 나는 별씨의 죽음보다 더한 고통에 동화되어 차라리 안락한 죽음을 소망하게 되었다. 그것이 이토록 힘든 세월을 겪어내야만 할

그가 간절히 원하는 것이라 믿었다. 살아도 산다고 볼 수 있는 것일까? 오롯이 내 힘으로 땅을 디디며 살아갈 수 없는 일상이, 내 입술과 혀를 사용해 소리를 만들 수 없는 시간이? 사람이 사람으로서 기능할 수 있는 기본적인 것들을 빼앗긴 별씨와 그의 시간을 위해 내가 할 수 있는 기도는 이제 연명이 아닌 안식일 것이리라.

그렇게 내 안에서 별씨의 여생에 대한 결론이 지어지고 있던 어느 날이었다. 밤늦은 퇴근을 한 엄마와 별씨는 소파에 나란히 앉아 TV프로그램을 보고 있었다. 당시에 한창 유행하던 힐링 예능프로그램 속에는 황혼의 노부부가 함께 여행을 즐기는 모습이 방송되고 있었다. 한참을 물끄러미 모니터 속 광경을 지켜보던 엄마는 툭 하고 한 마디를 내뱉었다.

"저 나이까지 같이 살 수 있을까?"

그리고 이어지는 한참의 정적. 아니, 공포 어린 서러움을 곧바로 표현할 수 없는 이의 예열의 시간이 흘렀다. 이윽고 별씨는 손까지 부들부들 떨며 눈물을 뚝뚝 떨구기 시작했다. 민첩하게 움직일 수 없는 입가는 어색하게 잔뜩 벌어진 채 흡사 짐승의 소리와 같은 울부짖음을 만들어내고 있었다. 별씨가 그토록 무너져버린 모습은 처음이었다. 집 안을 가득 메운 울음

소리에 소스라치게 놀라 방으로 달려왔을 때 이미 별씨의 몸짓은 다독인다고 그칠 수 있는 설움을 넘어서 있었다. 화들짝 놀라 그 모습을 멍하니 지켜만 보던 엄마는 이내 당신도 눈물을 그렁그렁 머금고는 바들바들 떨리는 반려인의 몸을 감싸 안았다. 무엇을 말하고 싶은지 다 알고 있다는 듯이.

"그러니까 제발 오래 살아! 죽지 말고 계속 살아 있어!"

엄마는 몇 번이고 그렇게 외쳤다. 두 황혼의 어깨가 뒤엉켜 계속해서 들썩이고 있었다. 한동안 그 광경을 지켜보다가 조용히 집을 빠져나와 나는 차들이 빽빽하게 들어찬 아파트 단지를 돌았다. 한숨조차 뽀얗게 눈앞에 그려지는 겨울의 새벽녘이었다. 하얀 숨 안에 본심까지 함께 담아 토해냈다.

사실은 살고 싶었던 것이다. 살아주길 바랐던 것이다.

그저 막막하기만 한 앞으로의 싸움 앞에서 '조금이라도 편한 길을 택하고 싶은 것이 내심 모두의 바람이겠지'라고만 생각했다. 하지만 이것이 우리의 싸움이 되고서야 깨닫게 된 것이다. 온전치 못한 몸이어도 좋으니, 알아들을 수 없는 말이어도 좋으니 좀 더 우리 곁에 머물러줬으면 했다. 별씨 또한 마찬가지였으리라. 더이상 누군가에게 의지가 될 수 없는 처지가 개탄

스러웠지만, 그럼에도 불구하고 살고 싶었던 것이다. 모두에게 기대어 살아가야 할 인생이 절망스러울지언정 조금이라도 더 이 세상에서 호흡하고 싶었던 것이다.

우리들의 살고 싶다는 말 앞에, 살아달라는 말 앞에 두려움과 억울함, 슬픔이 막을 치고 있다는 것이 느껴졌다. 오래오래 함께 살고 싶다는 그 당연하고도 동물적인 소망을 밝히는 일이 이토록 처연하고 구슬픈 순간이 될 줄, 그 누가 예상이나 했으랴.

그래도 살아줬으면 했다. 망가지면 망가진 대로 좋았다. 그저 조금이라도, 더 함께 호흡할 수 있기를 소망했다.

2017년 겨울,
실업 급여의 마지막 달.

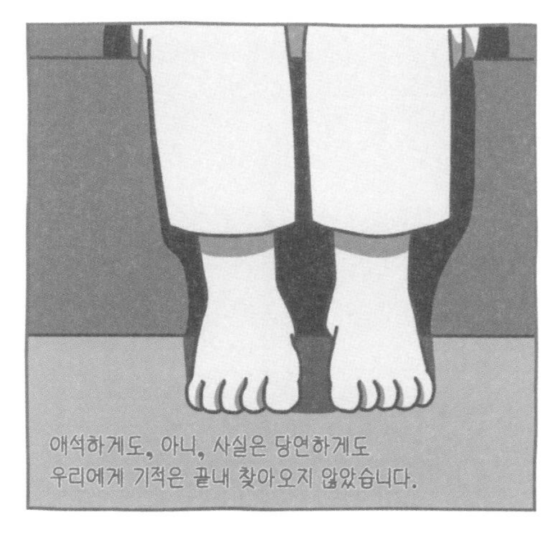
애석하게도, 아니, 사실은 당연하게도
우리에게 기적은 끝내 찾아오지 않았습니다.

모두들 할 수 있다고,
다시 돌아갈 수 있다고 했지만…

객관적으로 말하자면 그 6개월은 사실
별씨의 기적이 이뤄지는 기간이 아니었습니다.

더 이상 예전의 삶으로
돌아갈 수 없음을
이젠...
진짜 끝이네....
받아들이는
유예 기간이었을 뿐입니다.

작지만 간절한 희망을 그리며
걸어두었던 대원복과 대원모는

쓸쓸하게 그 자리에서 물러났습니다.

아무리 강인하고 긍정적인 별씨라도
차라리 죽었으면….
그냥 죽고 싶다….
빨리 죽었으면 좋겠어.
그 기간까지 덤덤히 버텨내진 못했습니다.

차라리 정신도 함께 죽어가는 게 나았을까요?

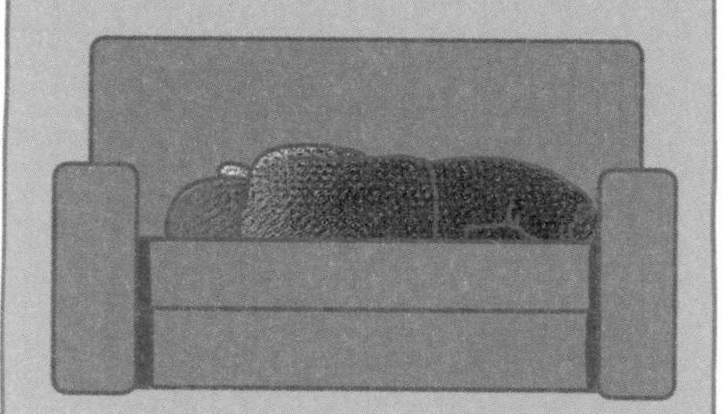

별씨의 정신과 눈빛은 누구보다도 총명했는데,
건강하고 다부진 몸은 사형 선고를 받았습니다.

그리고 2017년 끝자락,
별씨는 공식적인 의학적 소견 하에
'근위축성 측색 경화증'
루게릭 병을 진단받았습니다.

비관적 우월감

별씨의 병을 들은 사람들의 반응은
아부지가
아프십니다.
보통 크게 세 분류로 나뉩니다.

첫 번째, 걱정형
뭐??
많이 아프셔?
너도 정말
걱정 많겠다
허허…
고마워요~
아이고
그런 일이….
말 한마디라도 혹시나 상처를 줄까 봐
염려하는 타입(가장 많은 유형).

두 번째, 공감형
실은 나도
부모님이….
어떤 마음인지
너무 잘 알아.
크게 무너지지만
않았으면 좋겠다.
연대감이 생겨서, 내 상황을 알아주는
것만으로도 정말 고맙고 큰 힘이 됩니다.

넌 그래도
살아 계시잖아!
난 이미 돌아가셨어!
그리고 세 번째, 열폭(?!)형
너의 힘듦은 내 힘듦에
비할 바 아니라는 유형.
어쨌든 넌 아빠가
있잖아!
나는 없어서 고생했다고!

별씨가 아프기 전에는 몰랐는데
저런 걸로 우월감
느껴봤자 아무짝에도
소용없지 않나?
생각보다 세상에는 세 번째 타입이 많더군요.

그런데 어느 순간부터
요새 이래저래
좀 힘드네….
아무리
힘들어도, 뭐~
너는 부모님 두 분
다 건강하시잖아.
건강한 게 얼마나
복인지 모르고…

나 역시도 누군가의 고민을
내가 가진 고민의 무게와 비교하면서
나 지금
뭐하는 거야??
비관적 우월감을 느끼고 있었습니다.

그걸 깨달은 순간,
미쳤어!!!
미쳤어!!!
어디 할 짓이 없어서!
이딴 걸로
시니컬 해져!!!
스스로가
정말 못나 보이고
후져 보였습니다.

마음의 균형이 무너지게 되면
세상을 보는 시야도 쉽게
삐딱해질 수 있다는 걸 알았습니다.

뭐, 이러나 저러나 구차한 사람이 되고 싶진 않아서
못난 생각 금지!!!
못난 행동 금지!!!
계속 스스로에게 그러지 말라고 되뇌고 있어요.

엄마가 물려준 특별함

내 자신감의 원천을 만들어준 사람이 별씨였다면,

인격의 토양을 단단히 만들어준 건,
남이 안 보더라도 항상 정직하게 살 것!
늘 감사하고 겸손해야 해.
나랑 다른 사람도 이해하려고 해야지?
좀 손해 봐도 먼저 양보해야지.
바로 우리 엄마였습니다.

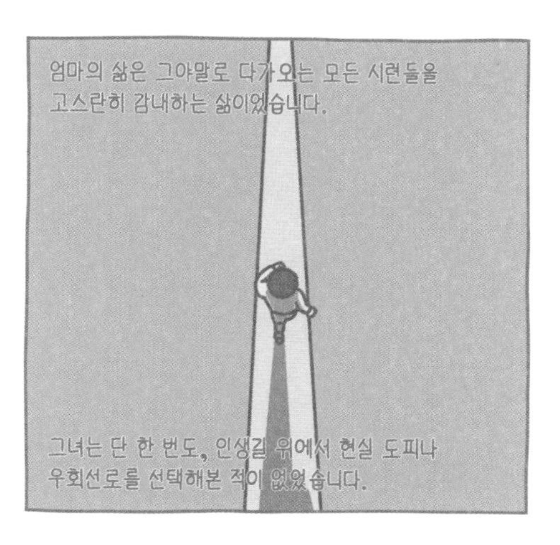
엄마의 삶은 그야말로 다가오는 모든 시련들을
고스란히 감내하는 삶이었습니다.
그녀는 단 한 번도, 인생길 위에서 현실 도피나
우회선로를 선택해본 적이 없었습니다.

그런 자신의 삶을 되돌아볼 때마다
손해만 왕창 보고 살았지, 뭐!!
본인은 농담 반, 진담 반으로 자조하곤 하지만….

어떻게든 요행에만 의존해서 살아가려는
사람이 많다는 걸 깨닫게 되면서
뭐야? 왜?
그냐앙~
엄마의 위대한 삶의 자세에 대한
존경심은 커져만 갑니다.

별씨의 병 앞에서도 서럽고 슬펐을지언정,
엄마는 결국 일어서서 나아가는 방법을 택했습니다.

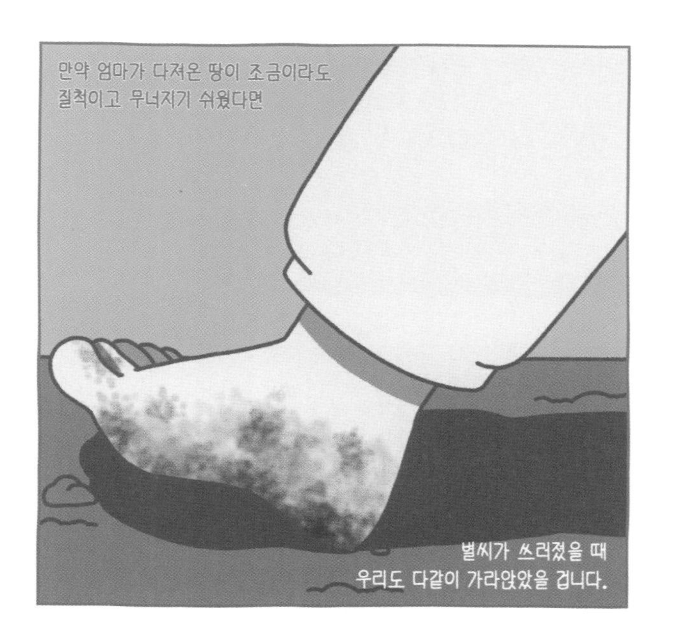
만약 엄마가 다져온 땅이 조금이라도
질척이고 무너지기 쉬웠다면
별씨가 쓰러졌을 때
우리도 다같이 가라앉았을 겁니다.

그래서 나는 이 강인한 여인이 일구어 온 땅을
더욱 기름지게 가꿔 나가고 싶습니다.

그것이 내가 양지바른 곳에서
올곧게 자라날 수 있도록
물 줘야지!
일생을 헌신한 엄마에게 할 수 있는 가장 큰 효도이자,

손해투성이 삶이었다고 한탄하는 엄마에게
절대 그렇지 않다고,
누구보다도 위대한 시간을 만들어온 사람이라고
증명해줄 수 있는 유일한 수단이기 때문입니다.

2부

아팠고,
앞으로도 아플
우리 모두를 위해

아픔을 인정하는 단계

'부정-조사-절망-냉소-반성-소강-환기-수용-결심'

별씨가 아픈 후, 나는 가족의 병을 받아들이는 것에 있어서도 점진적인 단계가 존재한다는 것을 경험으로 알게 되었다.

첫 번째 단계, 부정.

처음에는 일단 모든 것이 아닐 거라고 믿었다. 다른 사람들에게 큰 피해를 끼치면서 살아온 것도 아니고, 그렇다고 가족의 역사 안에서 특출난 불행이 있던 적도 없었으니까. 이런 사태는 일어나선 안 되는 것이라 생각했다. '그저 잠시 갈 곳을 잃은 손님이겠거니'라고 여기려고 부단히도 노력했다. 아직도

이 단계에서는 불치병이란 산발적인 불행이 아닌 '징벌'이라는 인식이 강했기에, 우리가 벌을 받을 이유가 없으니 당연히 이건 잘못된 해프닝에 불과할 것이라 믿어 의심치 않았다.

두 번째 단계, 조사.

하지만 증상이 뚜렷하게 가시화되기 시작하면서 나는 그야말로 '방구석 의사'가 됐다. 아직 루게릭 판정이 떨어지지도 않았던 시점부터 루게릭병에 관한 자료들을 긁어모았고, 관련된 근위축성 질환들에 대해 공부하기 시작했다. 그 기저 원인이 무엇인지, 희박한 완치 케이스는 있는지…. 물론 보호자의 얄팍한 지식이 치료로 이어지는 것은 아니었지만 그럼에도 알아야만 할 것 같았다. 어디서 와서 왜 걸리는 것이며 어떻게 해야 나을 수 있는지에 대한 모든 항목들이 원인불명이라는 물음표로 뒤덮인 병이라는 걸 알면서도, 녀석을 알아야 한다는 알 수 없는 책임감이 두터워졌다.

세 번째 단계, 절망.

아는 것이 많아진다고 해서 내가 할 수 있는 것은 아무것도 없었다. 병 앞에서 인간이란 정말이지 끔찍하게 무력하고 무

능하다. 이윽고 가슴 아픈 절규의 시간이 찾아왔다. 어디서부터 어떻게 내 몫을 정하고, 이 고통을 가족들과 분담할 것인지 감조차 잡히지 않는 시기였다. 모두가 각자 자기만의 불행을 짊어지고 생을 살아간다고 하지만, 내 몫은 어찌도 이리 무겁고 괴롭기만 한 것인지 원망스럽기 그지 없었다. 앞으로도 평생 이렇게 멍에를 짊어진 것 같은 느낌에 짓눌려서 살아야만 할 것 같아 숨쉬는 것조차 버거웠다.

네 번째 단계, 냉소.

이윽고 찾아온 것은 삐딱함이었다. 절벽 아래로 곤두박질치는 듯한 감정이 뒤틀린 우월감으로 바뀌는 데에는 그리 오랜 시간이 걸리지 않았다. 이 시절의 나는, 모든 세상의 슬픔을 얕잡아보는 일에 열심이었다.

'그래도 너희는 나만큼 불행하지 않잖아.'

마음속에 불행의 경중을 달아보는 저울을 만들고 멋대로 주변의 감정을 판단하며 스스로의 상황을 드라마틱하게 해석하는 일에 열중하던 나날들. 심지어 절망감이 추레한 불행의 과시로 이어지는 것은 중독적인 일이었다. 그렇게 꽤나 긴 시간을 냉소에서 헤어나오지 못했다.

다섯 번째 단계, 반성.

그러다가 문득 깨달았다. 내가 점점 추해지고 있다는 것을. 내세울 것이 없어 절망적인 가정 환경을 무기로 비참함을 뽐내고 있었다는 사실이 안겨주는 수치심이란 정말이지 참기 힘들었다. 힘듦이 존재하지 않는 인생이 어디에 있던가? 그저 모두가 자기 몫의 고난을 짊어지고 가고 있을 뿐인데, 그야말로 내 짐이 가장 무겁다며 주저앉아 떠드는 꼴이었다. 자신도 모르는 사이에 내 안에서 저울질 당했던 인연들에 대한 죄스러움과 성숙하지 못한 스스로의 가장 한심한 밑바닥을 고스란히 목격해야만 했다.

여섯 번째 단계, 소강.

그리고 한동안은 아무 생각도 할 수 없었다. 절망도, 불행의 향유도 그 어떤 감정들에도 함부로 불을 지피지 않으려 조심스러워졌다. 그저 사는 일에만 오롯이 몰두했다. 대단한 목표나 요란한 서사를 만들지 않고, 정말 문자 그대로 먹고사는 일에만 집중하게 됐다. 지금에 와서 생각해보건데 아마도 이 시기가 찾아온 것은 과도한 생각의 과열을 막기 위한 본능 때문은 아닐까 싶기도 하다. 운명을 받아들이고 그것을 일상에 녹이

기 위한, 언제 끝날지 모르는 장기전을 위한, 심적인 체력을 단련하기 위한 잠시의 휴식기처럼.

일곱 번째 단계, 환기.

나는 조금씩 세상 밖으로 눈을 돌리게 됐다. 꽁꽁 숨긴 채 우리 안에서만 해결해야 한다고 생각했던 문제들이 우리 사회에서는 어떻게 다뤄지고 있는지를 관찰하기 시작했다. 새삼스럽게도 이 일은 우리만의 성에서 일어난 일이 아니었다. 가족의 갑작스러운 병환과 그로 인한 가족의 혼란은 꽤나 흔하게 각자의 서사 속에 발생하는 이벤트였다. 대단히 과시할 만한 것도 아니거니와 그 또한 시간이 지나다 보면 그저 생활이 되기에 모두가 굳이 입 밖으로 내뱉지 않았을 뿐, 모두들 괴로워하고 슬퍼하며 받아들이거나 더 깊은 심연의 나락에 빠지는 선택을 하고 있었다.

'나 혼자만의 특별한 일은 아니다.'

그 간단한 사실을 받아들이기 위해 얼마나 긴 과정을 거쳐왔던가? 비교나 우월감의 막을 걷어내고 정말 온전하게 이 비극이 세상 속에서 나 홀로 겪어 내는 고초가 아님을 깨달은 순간 불안하게 흔들리던 마음이 고요해지는 것을 느낄 수 있었다.

여덟 번째 단계, 수용.

그렇게 나는 받아들였다. 나는 불치병 환자이자 그로 인한 후천적 장애를 갖게 된 가장의 딸이자 보호자가 되었음을. 도망갈 수 없는 상황을 덤덤하게 받아들이자 암전된 듯이 어두컴컴하기만 하던 앞날을 조금씩 가늠할 수 있게 되었다. 찬란한 빛이 드라마틱하게 눈앞을 비춘 것은 아니었다. 처음 어둠을 접했을 때 먹물이 뿌려진 듯 캄캄하기 그지 없지만 시간이 지날수록 익숙해지며 조금씩 나름의 거리감이 측정되고 음영을 느낄 수 있듯이, 마음의 살 길을 찾기 위해 현실의 수용을 택했다.

아홉 번째 단계, 결심.

'님'이라는 글자에 점 하나를 찍으면 '남'이 된다고 했던가? 고루하고 상투적이라고만 생각했던 이 관용구는 내 삶에도 영향을 끼쳤다. 나 역시 어느 순간을 기점으로 별씨의 장애와 나의 책임감을 더이상 '덫'이 아닌 '닻'이라고 여기기로 결심했기 때문이다. 웃던 울던 더 이상 예전 같은 천진난만함과 회피용 변명은 통하지 않는다. 그렇다면 이 모든 상황을 자유를 억압하는 덫이라고 규정하느니 뒤집어지지 않게 중심을 잡아주는

묵직한 닻이라고 여기리라. 어차피 비껴갈 수 없는 운명이라면 그것을 해석하는 관점만이라도 좀 더 아름답게 풀어가겠다고 다짐했다.

이 드라마틱한 아홉 단계의 마음은 이후로도 새로운 사건 혹은 감정을 마주할 때마다 반복되거나, 때로는 순서를 뒤바꿔가며 찾아왔다. 책임감은 나를 힘들게 만들기도 했지만, 한편으로는 비극의 주인공으로 세우지 않게끔 계속해서 나를 돌아보게 만드는 데에 혁혁한 공을 세웠다. 이미 눈앞에 벌어진 일이다. 장기전으로 가기 위해선, 어쨌든 거쳐야만 했던 과정이었다.

나에 대한 혐오,
아빠에 대한 미안함

'나도 갑자기 몸이 마음대로 움직이지 않으면 어떻게 하지?'

별씨의 사지가 하나둘씩 그의 의지로부터 등을 돌리기 시작하면서 나 역시 불안함에 몸을 맡겨버린 시절이 있다. 감정에 촉감을 부여한다면, 그 불안감은 '끈적함'이라 칭할 수 있을 것이다. 떨쳐내야 한다는 걸 알면서도 지저분하게 눌어붙어 온종일 모든 신경을 곤두세우는 그런 감각 말이다. 불안감은 일단 아침에 눈을 뜨는 순간부터 시작되었다.

그 무렵, 나는 일어나자마자 손을 쥐었다 폈다 하며 수족이 명령대로 움직이는지를 확인하는 것으로 하루의 시작을 열었다. 아침잠이 많은 탓에 졸음이 다 떨쳐지지 않은 와중에도 뜻

대로 따라주는 손과 발의 관절들이 시야에 들어오면 그제야 긴장되는 마음을 거둘 수 있었다. 하지만 그렇다고 해서 그날의 불안감이 모두 해소되는 것은 아니었다. 그렇게 몸을 일으키고 나면 하루 중 가장 촉을 날카롭게 세우는 순간은 바깥에서 보내는 시간 그 자체였다. 출근길의 발걸음 하나하나에도 모든 신경을 집중시켰다. 평소보다 느리게 걷고 있지는 않은지, 자세가 부자연스럽지는 않은지, 근육이 평소보다 당기거나 무력해지지는 않는지…. 하지만 자연스러운 움직임에 대한 집착은 때로는 어설픈 모양새를 만들어 내기도 했다. 사람들과 보내는 시간 속에서도 불안감은 이어졌다. 본디 호들갑스러운 수다쟁이인 나는 스스로가 내뱉는 말들을 매번 하나하나 되짚었다. 입술의 움직임이 매끄러웠는지, 내가 생각했던 단어가 정확하게 발음되었는지 같은, 이전에는 '의식의 영역'에 포함하려는 생각조차 못했던 부분들을 신경 쓰게 되었다. 지극히 단순한 생활의 루틴 하나하나에서도 평소와는 다른 이상 증상이 나타나지 않을까 노심초사했다. 히스테릭한 모습이란 걸 스스로도 알고 있었지만, 불안을 가라앉힐 방법을 알 길이 없었다.

무사히 집으로 돌아온 후에는 이불을 뒤집어 쓰고 루게릭병과 관련된 자료들을 하염없이 찾아봤다. 직장 생활을 하는 일반인의 신분으로 접할 수 있는 정보는 지극히 한정되어 있고 어차피 대단한 내용이 갱신되는 분야가 아님을 알고 있음에도, 똑같은 자료를 몇 번이고 반복해서 읽었다. 이어서 '루게릭 유전', '루게릭 유전 확률' 같은 단어를 검색하다가 이내 자괴감을 느끼며 타자를 치던 손가락을 멈추고는 했다. 루게릭병 자체는 산발성인 경우가 많다는 이야기에 내심 안도하는 내 모습이 추악하게만 느껴졌다. 사랑하는 사람의 불행이 나에게 대물림될 가능성이 확정적이지 않다는 평온함, 별씨를 향한 미안함, 여전히 이기적인 나를 향한 혐오심이 커다란 덩어리를 이뤄 나를 덮치는 것 같았다.

날이 선 건 나뿐만이 아니었다. 함께 별씨를 보살펴야 하는 엄마 역시 날카로워지고 있었다. 아니, 사실 나 이상으로 예민해졌다고 해도 과언이 아니었다. 그녀의 히스테리의 화살은 별씨가 아닌 나를 향해 있었다. 조금만 앓는 소리를 내거나, 몸이 뻐근한 시늉이라도 할라치면 엄마는 한걸음에 달려와서 '도대체 왜 멀쩡해야 하는 몸이 삐걱이는 거냐'며 매섭게 다그쳤다. 그것이 불안함에서 비롯된 걱정임을 잘 알고 있었다. 하지만 컨디션이 안 좋은 티를 내는 순간 엄마가 드러내는 걱정과 불안이 뒤엉킨 신경질은 함께 예민해져 있던 내가 감당하기 힘

들었다. 엄마는 나만이라도 소위 말하는 '멀쩡한 몸'의 군집 속에 머물러주길 바랐다. 반평생을 함께한 동반자의 손 쓸 도리 없는 붕괴를 생생히 목격했으니 그 소원은 사실 당연한 것이었다. 그녀의 세상에서 가장 빛나는 보물인 내가 바스러질까 봐 엄마는 살얼음판을 걷는 기분이었노라고 당시를 회고한다. 엄마 역시 이런 류의 불안은 살면서 처음 겪는 일이었을테니.

우리 모녀 모두 이런 감정을 어떤 통로로 표현해야 할지 몰랐다. 마음을 드러내는 방식 또한 확연히 달랐다. 스스로가 갖는 불안을 혼자 품고 끙끙대기만 하는 나, 자신의 소중한 딸을 지키고자 호되게 질책하는 엄마. 현실을 받아들이기까지 시간이 걸렸듯이 서로의 입장과 생각을 이해하기까지도 긴 시간이 걸렸다. 그 과정에서 엄마와 내가, 나와 별씨가, 엄마와 별씨가 서로를 할퀴고 상처준 것은 너무 뻔한 일이었다.

혹자의 눈에는 유난스러워 보일 수도 있을 것이다. 병에 걸린 것은 아버지인데, 곁을 지켜줘야 할 주변인들까지 그렇게 불안해 할 필요가 있느냐고. 하지만 불행에 대한 면역력이 취약하다 못해 없다시피 했던 우리에게는 어느 날 갑자기 뒤집힌 세상이 그저 무섭고 날카롭게 느껴졌다. 희박한 확률이 뚫고

들어온 자리에 더 큰 재앙이 비집고 들어오진 않을까 하는 공포에 우리는 한동안 그렇게 지배당했다.

별씨의 장애를 부정하던 엄마도 결국,
근위축성 질환에 대해 공부하기 시작했습니다.

대학병원을 통해 ALS 커뮤니티를 알게 되었고,
환우 가족들이 많이 가입한 곳입니다.
어떤 증상들이 있는지를 살펴봤습니다.

동작이 느려지고
말이 어눌해진다.
그리고…
반사적인 웃음이
많아진다?

아…!

생각해보면
TV를 보다가도,
으하하하!
?

진지한 이야기가 오가는 와중에도
귀농도 한번
고려를 해야….
으허허허!
엉뚱한 지점에서 웃음을 터뜨리던 별씨.

그 웃음이 최악의 상황을 무마하려는 것 같아
상황이 이런데 웃음이 나와?
아프니까 속도 없어졌어, 당신은?
몇 번이고 벌써를 다그쳤던 엄마.

아파서 그런 거였구나….

그런 줄도 모르고,
나는….
진작 알았으면
뭐라고 혼내지도
않았을텐데….

싸움이 길어지다 보면 무지에서 비롯된
공격성이 나타나는 순간이 반드시 옵니다.
미디어가 보여주던 성스러운 인내와 희생은
현실에서는 그저 사치스러운 허상일 뿐이었습니다.

병원에 입원해도 흔히 볼 수 있는 소변통.
침대에 걸 수 있게 되어 있음.
중증장애 환자들의 필수품 중 하나입니다.

아무리 적응력 강하고 긍정적인 별씨라도
이 소변통은 굴욕적일 수밖에 없었습니다.

화장실 가는 도중에 실수하게 되면
일이 더 복잡해지니까
잠깐 나가 있어.
가족들 때문에 군말 없이 쓰긴 했지만,

그렇다고 금방 익숙해질 순 없는 노릇이었습니다.
자존심 상해….
아파서 쓰는 건데
뭐가 어때서?

넌 이거 손도 대지 마!
엄마가 치울 거야.
―라고 자주 말했습니다.

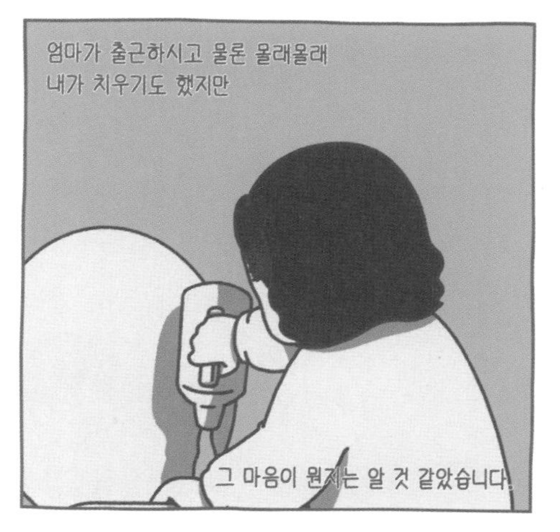
엄마가 출근하시고 물론 몰래몰래
내가 치우기도 했지만
그 마음이 뭔지는 알 것 같았습니다.

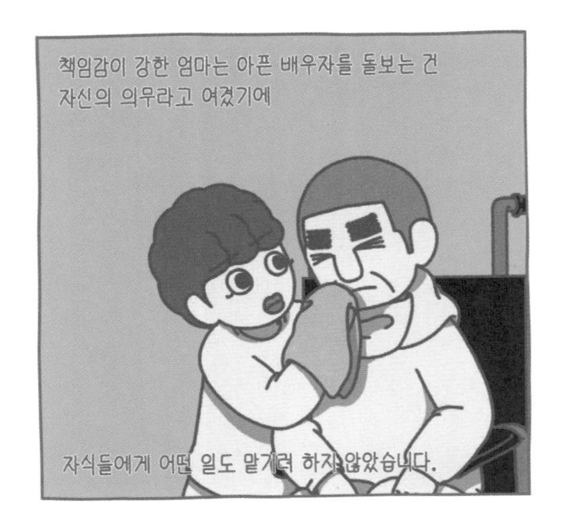
책임감이 강한 엄마는 아픈 배우자를 돌보는 건
자신의 의무라고 여겼기에
자식들에게 어떤 일도 맡기려 하지 않았습니다.

게다가 시집도 안 간 막내딸에게
이런 모습을 보이자니
약 잡수소서~
오~냐~!
엄마 성격상 더 미안해 했을 겁니다.

말하지 않아도 전해져 오는 마음을 알았기에
궂은 일도 함께 하려고 나름 애썼습니다.
소변통 비우기랑
아빠 밥 차려드리는 건
내가 다 할 수 있어!

당연히 나눠야만 했습니다.
지난한 일상도, 슬픔도, 기쁨도.
엄마는
언제 온대?
내일 아침에
출발한댔어.
우린 서로 사랑하는 '가족'이니까요.

죽음의 온도는 보라색

움직임이 둔해지고 활발하지 않다보니
별씨의 다리가 붓는 일이 잦아졌습니다.

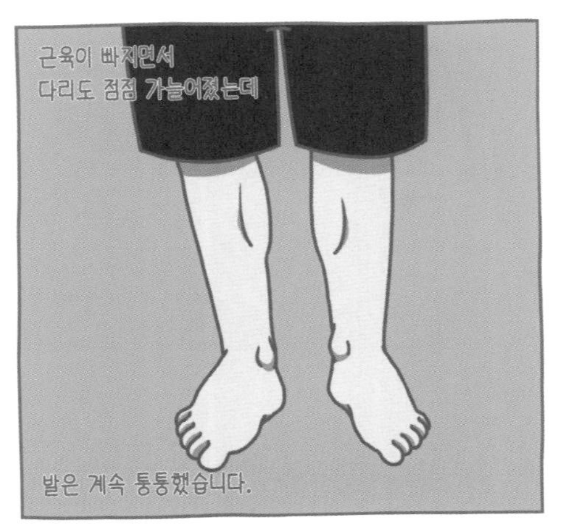
근육이 빠지면서
다리도 점점 가늘어졌는데
발은 계속 통통했습니다.

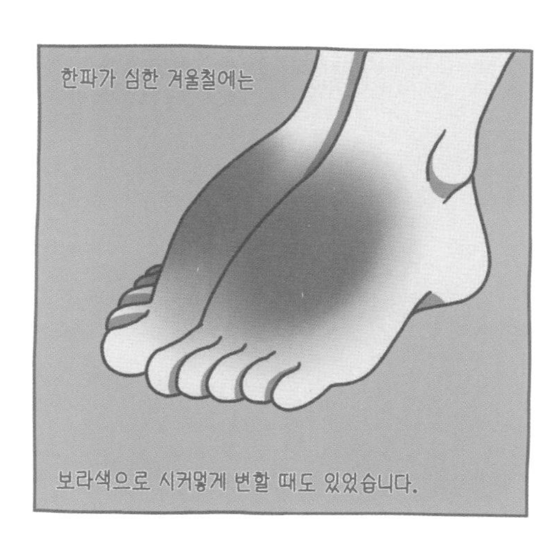
한파가 심한 겨울철에는
보라색으로 시커멓게 변할 때도 있었습니다.

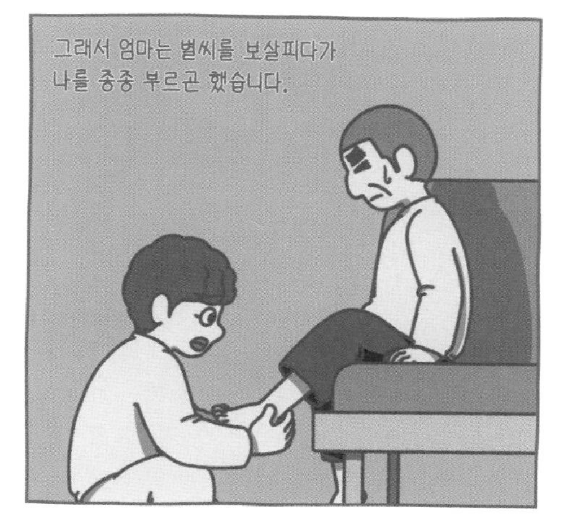
그래서 엄마는 별씨를 보살피다가
나를 종종 부르곤 했습니다.

이리 좀 와서
아빠 말 좀 만져 봐.
얼음장 같아.
빨리!!!

...

그럴 때마다 저는
그걸 뭐 굳이 나한테까지 와서 만져보라고 그래?
신경질을 내며 거절하기 일쑤였습니다.

이제 와서야 고백하네요.
저 못된 기집애~ 성질머리하고는!
...
사실, 무서웠어요. 엄마.

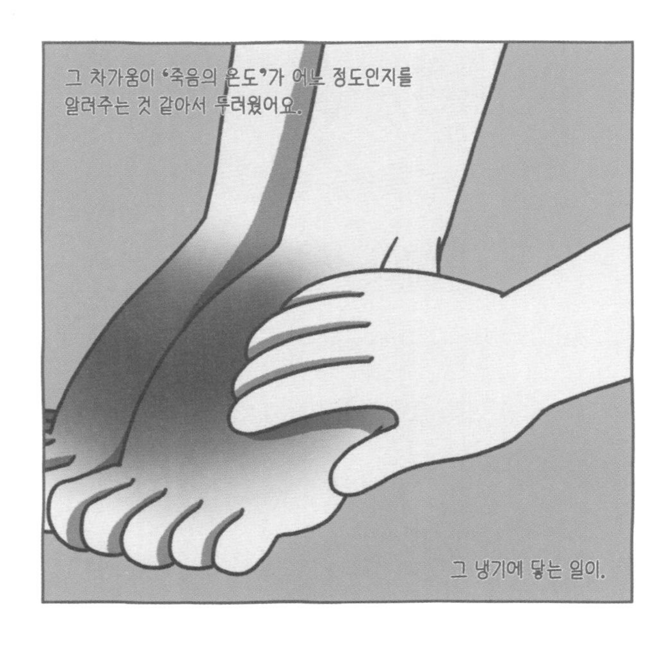
그 차가움이 '죽음의 온도'가 어느 정도인지를
알려주는 것 같아서 두려웠어요.
그 냉기에 닿는 일이.

벌씨랑 엄마는 자주 싸웁니다.
욱하는 사람
+ 쌓아놓다 터지는 사람
= 무한 다툼
안 싸우는 날이 드물어요.

싸우고 나서 엄마가 잔뜩 뿔이 나 있을 때
벌씨에게는 비책이 있습니다.
...

그건 바로,
이상한 춤을 열심히 추는 것…!

…

풉!

하나도 안 웃긴데
ㅋㅋ
ㅋㅋㅋ
ㅋㅋ
사랑하나 봐
저 부부….
고딩 궁씨
아이고
죽겠네~
ㅋㅋㅋㅋ
ㅋㅋ
엄마는 거의 100%의 확률로 엄청 웃습니다….

이제는 벌씨가 잘 움직이지 못하니까
춤으로 웃기는 일은 더 이상 없을 줄 알았는데

어이!
(이거 봐!)

!!!
〈네가 왜 거기서 나와〉
춤 추는 중
(본인 주장)

그들만의 리그는
아직도 건재합니다.
뭐야?
아직도 사랑해?!
어머나ㅋㅋ
ㅋㅋㅋㅋㅋㅋㅋ

불행은
과대 해석할수록 비참해져

반세기 가까운 세월을 함께 해온 배우자가 황혼을 앞두고 거동의 자유를 잃어 가는 모습을 옆에서 고스란히 지켜봐야 한다는 건 어떤 기분일까? 나는 아직도 그 감정을 함부로 헤아려 볼 시도조차 하지 못하고 있다.

엄마의 삶을 가까운 곳에서 지켜볼 일이 없는 사람들에게 그녀는 항상 그 전반적인 생애를 바탕으로 '가엾지만 좋은 사람'으로 쉽게 쓰여지곤 했다. 군인의 딸이었던 그녀는 태어난 지 얼마 되지 않아 엄마를 잃었다. 사진이 귀했던 시절이라서, 어른들의 말을 통해서만 엄마의 엄마를 그리워할 수밖에 없었다고 한다. 설상가상으로 군인 신분으로 나라의 일을 역임하고 있었던 그 시대의 가장이 살갑게 집안의 일을 돌보기는 어려웠다. 엄마는 친척집을 전전하며 일곱 살이 되던 때에야 처음으로 '아버지'라는 사람을 만났다고 했다. 안팎으로 엄격하기 그지없었던 나의 외할아버지는 자식들마저 후임을 대하듯 대했기에 엄마에게 있어서 아버지란 공포스러운 존재, 그 이상 그 이하도 아니었다고 한다. 덕분에 엄마는 기억도 안나는 어릴 적부터 스스로의 생각과 행동을 혼자서 책임지는 연습을 했다고 씁쓸하게 말하곤 했다.

그렇게 일평생을 정정하고 꼬장꼬장하게 살아갈 줄 알았던 외할아버지는 내가 태어나기도 전에 신부전증을 오래 앓다가 돌아가셨다. 아버지가 세상을 떠나던 순간을 엄마는 이렇게 회고했다.

"이제 아버지가 이 세상에 없다는 건 알겠는데, 그렇게 슬픈 일인지 모르겠더라. 어차피 살아 계셨을 때도 나한텐 있으나 없으나 한 존재였으니까."

혈혈단신으로 지방에서 서울로 상경해 큰언니네 집에서 신세를 지며 살아가던 깍쟁이 아가씨는 이윽고 한 청년을 만났다. 일찍이 아버지를 여의고 홀어머니를 모시고 사는 2대 독

자. 남의 집 기둥은 뽑아오는 것이 아니라고 모든 집안 사람들이 두 사람의 만남을 반대했다고 한다. 그러나 엄마는 결국 별씨를 택했다. 아버지라는 존재에게서 단 한 번도 느껴본 적이 없었던 따뜻함과 책임감을 눈앞의 젊은 남자는 모두 가지고 있었기 때문이다. 물론 이후에 펼쳐진 결혼 생활은 주변에서 우려한 방향으로 흘러갔다. 시어머니와 세명의 자식들까지 총 여섯 명의 대식구를 건사하기 위해 별씨와 엄마는 단 한 번도 일을 쉰 적이 없다. 그 성실함 덕분에 당장이라도 무너질 듯한 가난으로부터는 조금씩 벗어났지만 남들처럼 넘쳐흐르는 일도 좀처럼 없었다.

다 내려놓고 싶은 날도 적지 않았지만, 그럼에도 이를 악물고 또 아침을 맞이하고 일터로 향했다고 한다. 해외여행이나 호화로운 문화생활이 나에게는 미디어에서나 접할 수 있는 남의 일일지라도, 내 자식에게는 그것들이 스스로의 일이 될 수 있게끔 만들어주겠다는 일념으로 악착같이 살았다. 인생에 대한 책임감을 자신의 욕구 충족보다 먼저 배웠던 그녀는 당연히 그런 삶조차도 오롯이 스스로 품어야 한다고 여겼다. 결국 선택의 주체는 엄마 본인이었으니까. 도망친 곳에 낙원은 없다고 되뇌며, 이 고단한 사이클이 끝나면 조금은 숨통 트인 삶을 살아갈 수 있을 것이라는 믿음이 그녀를 움직이게 만들었다.

하지만 잔인한 운명은 끝까지 고달픈 여정에 일말의 자유조차 허락하지 않겠노라 엄포를 놓고 만다. 자식 농사를 모두 끝내고 나자 찾아온 별씨의 병 앞에 엄마는 살면서 내게 한 번도 보인 적이 없었던 절망의 바닥을 여실히 드러내고야 말았다. 그녀는 몇 번이고 무너졌다. 한 번도 해본 적 없던 원망을 노골적이고 세련되지 못한 방법으로 잔뜩 토해 내기도 했다. 미움의 대상은 소박하고 즐거운 노년을 함께 누릴 수 없게 된 남편 별씨이기도 했다가, 그렇게나 아끼던 아들을 하늘에서 지켜주지 못한 시어머니이기도 했다가, 결국은 좀 더 착하게 살지 못한 업보로 가족을 아프게 했다는 죄책감으로 얼룩진 엄마 스스로를 향했다.

뾰족한 해결법이 없는 절망 앞에서 엄마마저 무너질까 봐 두려웠던 날들도 있었다. 그러나 그녀는 결국 또 일어섰다. 상처투성이가 된 몸과 마음을 이끌고 엄마는 묵묵히 또다시 자신에게 주어진 과업을 정면으로 마주보기로 했다. 돈을 벌고, 간병하는 방법을 공부하고, 루게릭병에 대해 알아보기 시작했다. 몇 번의 시행착오 끝에 기어이 그녀는 눈앞에 펼쳐진 상황을 묵묵히 받아들이고 책임지기로 결심했다. 사랑을 바탕으로

맺어진 사람의 고난을 함께 짊어지고 가는 것 또한 스스로의 선택에 포함되어 있었으니까.

인생의 여러 지점에서 엄마는 사람들에게 매순간 안쓰럽고 가여운 사람이다. 어머니를 일찍이 여의고, 아버지의 사랑조차 마음껏 받아본 적 없이 가난한 남자와 결혼해서 말년에는 결국 병 수발까지 도맡아 하게 된 기구한 여인. 엄마는 이렇게 쓰여진 자신의 수식어들을 굳이 부정하지 않는다. 그러면서도 덤덤하게 이렇게 말한다.

"불행은 과대 해석할수록 비참해지는 거야. 누구든 본인 팔자가 제일 사납고 제일 처량해. 안 힘든 사람이 어디 있어? 그래도 그럴 때일수록 긍정적인 마음으로 이겨내고 끝까지 책임지는 사람이 결국에는 가장 멋진 삶을 사는 거야."

우리 모두에게 약속된 세상이 끝나면 사람들은 그녀를 어떻게 추억할까? '숨쉴 틈 없이 고단하게 살아온 사람'이라며 동정의 글귀를 새겨 넣으려는 이가 존재할지도 모르겠다. 그 순간이 온다면, 한 여인의 삶을 가장 가까운 곳에서 지켜봐온 목격자로서 나는 조용히 단 하나의 진실만을 덮어쓸 것이다.

누구보다도 스스로의 삶을 단단하게 책임지며 비극마저 아름답게 해석하고 가꿔온 자, 생을 통해 값진 가르침을 남기고 여기에 묻혔노라고.

영원히 사라지지 않는 것

시간이 지나고 나이를 먹을수록
'죽음'에 대해 더 복잡하게 생각하게 됩니다.

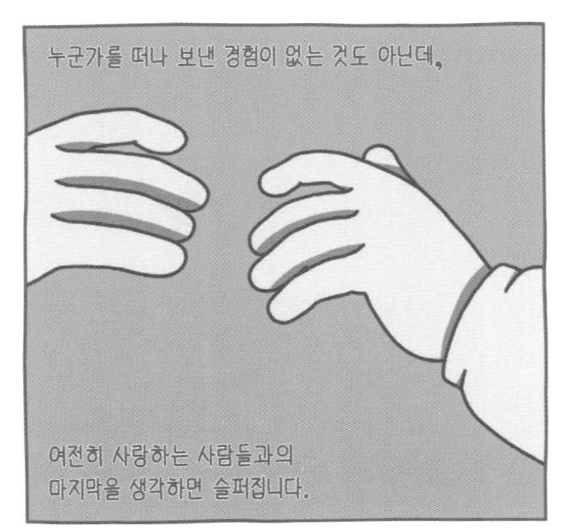
누군가를 떠나 보낸 경험이 없는 것도 아닌데,
여전히 사랑하는 사람들과의
마지막을 생각하면 슬퍼집니다.

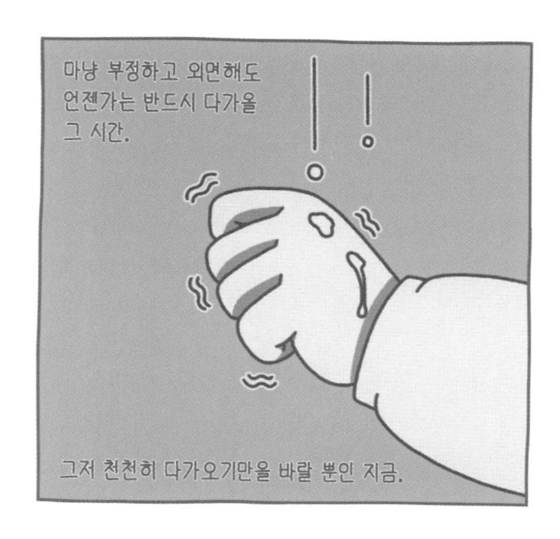
마냥 부정하고 외면해도
언젠가는 반드시 다가올
그 시간.
그저 천천히 다가오기만을 바랄 뿐인 지금.

별씨와 나는 이제껏 함께 해온 날들보다
앞으로 함께 할 날들이 조금 더 짧을 거예요.
살아가는 세계가 달라지는 시점이 오겠죠.

한때는 우리의 마지막에,
별씨의 역사가 끝나는 날에,
아부지, 할아버지
아직도 보고 싶어?
...
세상 속에서 별씨의 흔적도
영원히 사라지는 것이라 생각했습니다.

하지만 떠난 이가 남겨놓고 간 사랑이
할아버지한테
사랑을 많이 받았어.
그래서 늘 보고 싶어.
형체는 없지만 계속해서 회자되는 것을 보면서

그 사랑 덕분에 숨쉬며 살아온 사람들을 통해
할아버지
정말 좋은 분이었나 봐.
고모들도 맨날 오시면
할아버지 좋은 이야기만
하시고.
이 세상에서 제2의 삶을 부여받을 수 있다는 것을
이제는 조금 알 것 같습니다.

네,
아부지!
같이 시장 가서
맛있는 거 먹자!
할아버지가 별씨에게 사랑으로 회자되며
그 안에서 계속 살아가듯이,

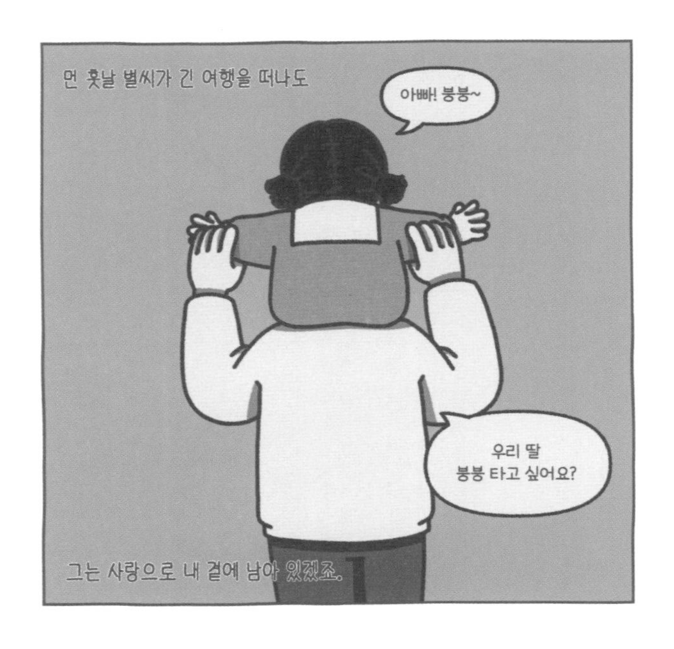
먼 훗날 별씨가 긴 여행을 떠나도
아빠! 붕붕~
우리 딸
붕붕 타고 싶어요?
그는 사랑으로 내 곁에 남아 있겠죠.

그 사랑의 가치와 불멸성을 깨닫고 나니
죽음에 대한 공포보다는
좋은 사람으로 살다 가야 하는 이유에
더 집중하게 되었습니다.

만화가 나에게 준 선물

만화를 그리게 된 후,
엄마와 종종 이런 이야기를 나눴습니다.
있지, 엄마….
난 세상에
이렇게 아픈 사람이
많은 줄 몰랐다?

SNS는 젊고 건강한
사람들의 밝은 이야기가
많이 올라오니까
이렇게 많은 사람들이
내 이야기에 공감해줄 줄
몰랐어.

다들 남 얘기니까
무관심할 줄 알았는데….
있잖아, 딸.

사람 사는 거 있잖아.
까고 들여다보면
다 거기서 거기야.

온갖 금은보화를
전부 손에 쥐고도 속은 썩어서
문드러져 가는 사람도 있고
가진 게 없어도
큰 마음 하나만으로
행복한 사람도 있어.

그러니까 자신감 잃지 마.
다른 이야기들도 중요하지만
네가 갖고 있는 것들,
네가 하고 있는 일들에
자부심 갖고 살아.

'자부심'
낯간지럽지만 내심 뿌듯한 단어.

그저 솔직하게 내 속을 내보였을 뿐인데
작가님 정말 감사합니다!
너무 많은 위로를 받아요.
앞으로도 계속 쭉 활동해주세요~
제가 나빠서 그런 게 아니라는 걸 작가님 만화 보고 알았어요.
그 모습에 위안과 힘을 얻었다며
고맙다고 말해주는 사람들이 생겼습니다.

물론 저는 아직도 부족한 것 투성이고
그래. 이건 내가
좀 더 주의해서
표현해야 했어….
앞으로도 끊임없이
나의 부족함과 마주하며 살아가겠지만

숨겨야 한다고 생각했던 것들이
오히려 새로운 길을 열어주었고
예쁘게 봐주셔서
수줍은 고백
제가
더 감사합니다!
내가 지나온 시간이 누군가에게는
용기의 씨앗이 될 수 있다는 걸 깨달았습니다.

안녕!
우리 아들 딸들~
엄마입니다!

요즘 우리 막내딸이 그리는 만화를 보고
저는 사랑받고 자라지 못해서 작가님의 가족 이야기가 너무 부러워요. ㅠㅠ
내가 사랑을 잘 모르니까 우리 아이한테 좋은 부모가 될 수 있을지 모르겠어요. 아이에게 너무 미안합니다.
평생 저를 괴롭히기만 하던 부모님이 병에 걸리셨는데, 슬프지 않고 벌 받는다는 생각이 들어요. 제가 나쁜 사람인가요?
저는 앞으로도 따뜻한 사랑을 못 받을 것 같아요.
이런 고민을 보내는 분들이 많더라고요.

그래서
오늘은 이 엄마가
우리 아들, 딸들에게
한마디 하려고
이렇게 나왔어요!

사랑이란 건, 꼭 가족 안에서만
존재하는 건 아닙니다.
집 밖에도, 여러분 몫의 사랑과
여러분이 사랑을 베풀 기회는 얼마든지 있어요.

가족에게 사랑받지 못했다고 해서
스스로를 '애정이 부족하고 서툰 사람'이라고
못 박지 않았으면 좋겠어요.

'사랑' 그 자체에 대해서
고민하고 있다는 것만으로도

우리 아들, 딸들은
아이구~
신통해라♡
기특하고 예쁘고 훌륭한 사람이니까요.

그리고
마지막으로
지금 누군가가
'가족'이란 이름으로
널 깎아내리고
위협하나요?

그렇게
후려치는 사람이
잘못된 겁니다.
네 잘못이 아니니까
네 탓하지 마요.
씨부리는 놈이
막돼먹은 거니까!

이상으로
엄마는 물러납니다!
이제 고구마
심으러 가야 돼.

나를 믿어주는 한 사람만 있다면

하염없이 우는 저를 물끄러미 바라보던 별씨는
우리 딸
어떻게 하고 싶어?
ㅡ라고 물었습니다.

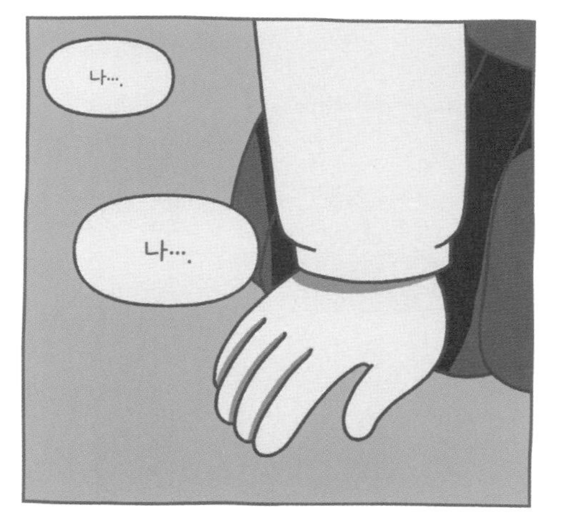
나….
나….

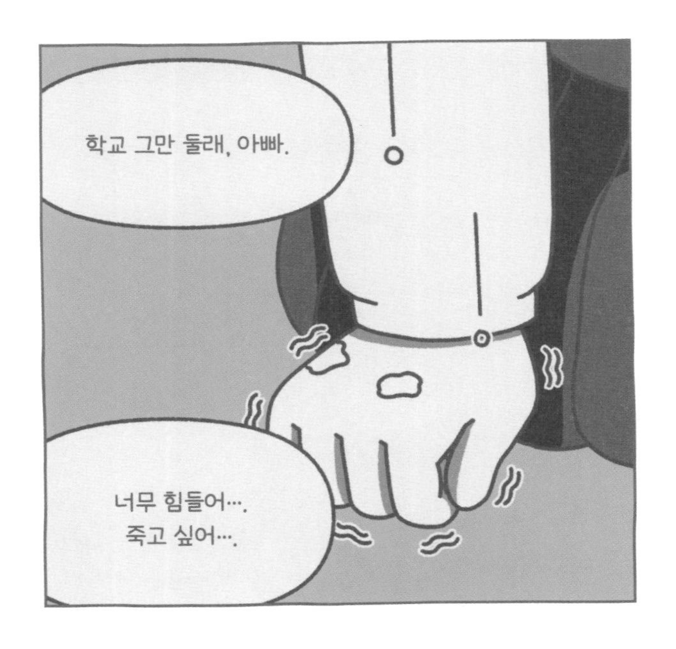
학교 그만 둘래, 아빠.
너무 힘들어….
죽고 싶어….

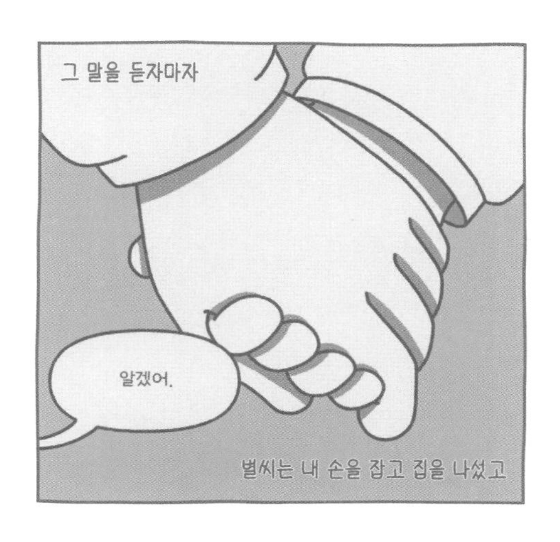
그 말을 듣자마자
알겠어.
별씨는 내 손을 잡고 집을 나섰고

우리가 도착한 곳은
중졸 검정고시
등록하려고 하는데요.
집 근처 역 앞의 검정고시 학원이었습니다.

그날, 별씨가 거듭해주던 말들이
내 딸이 왜 그런 곳에서 힘들어 해야 해?
아무 걱정도 하지 마. 아빠가 도와줄 거니까.
수준 낮은 곳에 널 두지 않을 거야.
아직도 귓가에 생생합니다.

만약 그날 집에 별씨가 없었더라면,
학교로 돌아가라는 꾸지람을 들었더라면,
내 인생은 어떻게 되었을까요?

17년 전 가을의 망설임 없던 선택과 지지가
영원히 가라앉을 수도 있던 내 영혼을
살려낸 거라고 나는 믿습니다.

3부

그럼에도 불구하고 우리 이렇게 사랑하네

모두에게 사랑받고 싶은 마음

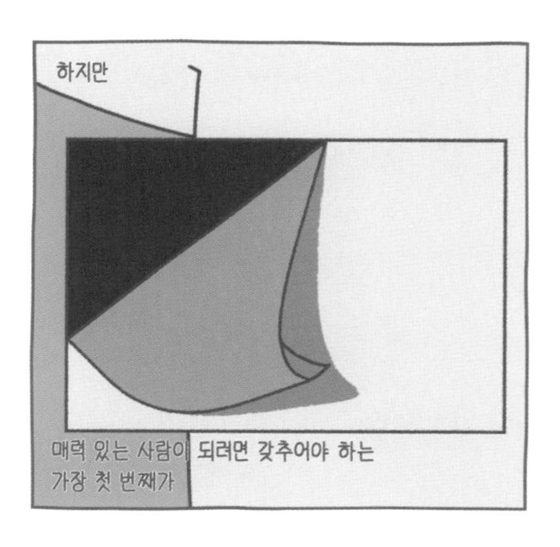
하지만
매력 있는 사람이 되려면 갖추어야 하는
가장 첫 번째가

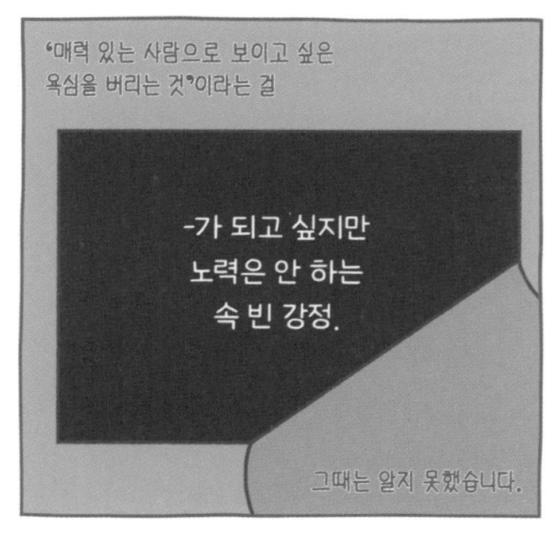
"매력 있는 사람으로 보이고 싶은
욕심을 버리는 것"이라는 걸
-가 되고 싶지만
노력은 안 하는
속 빈 강정.
그때는 알지 못했습니다.

나 혼자서 나를 채우지 못하는
바보 같은 날들이 길어지다 보니
이, 이거 봐! 너한테 다 줄게~!
어때? 이런 지극 정성은 처음이지? 나 같은 사람 또 없지? 내가 필요하지?

당연히 자존감은 바닥을 쳤고,
어… 고마운데 난 괜찮아.
왜? 내가 싫어?
아니, 그게 아니고….
그럼 왜? 나는 너한테 내 마음을 이렇게….
아, 진짜! 그렇게 남들한테 인정받아야 돼? 너 칭찬해달라고 잘해주는 거 티 난다고!

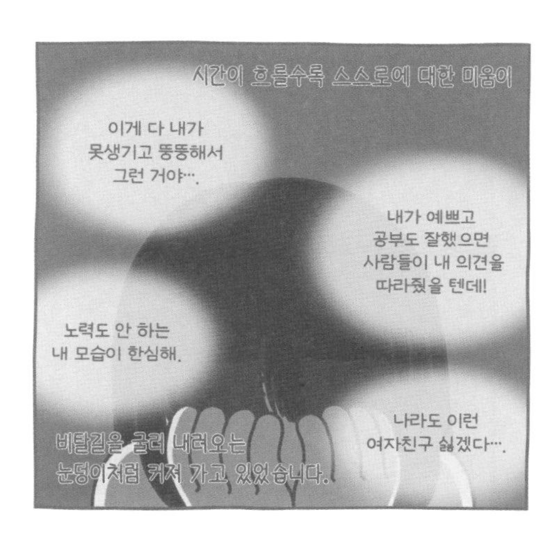
시간이 흐를수록 스스로에 대한 미움이
이게 다 내가 못생기고 뚱뚱해서 그런 거야….
내가 예쁘고 공부도 잘했으면 사람들이 내 의견을 따라줬을 텐데!
노력도 안 하는 내 모습이 한심해.
나라도 이런 여자친구 싫겠다….
비탈길을 굴러 내려오는 눈덩이처럼 커져 가고 있었습니다.

그러던 어느 날,
근데 잠깐만….
백 살까지 평생 이렇게 살 거야, 나?
문득 이런 생각이 들었습니다.

지금 와서 돌이켜 보면,
아니야. 아니잖아.
이대로는 아니잖아.
나를 원망하고 미워하면서
늙고 싶지 않아. 절대로!
내 마음이 어떻게든 살아남으려고 보낸
본능적인 구조 신호가 아니었나 싶어요.

자, 변하기로 결심을 했으니 이제는
나는
이런 내가
그 이유를 들여다볼 차례.

떠오르는 모든 이유를
쓰윽
슥 슥
종이에 옮겨 적어봤습니다.

장학금을 놓쳐서
엄마, 아빠를
고생시켰다.
취직은
일찍 했지만
이룬 게 없다.
성적 우수자로
뽑히지 않았다.
남들보다
뚱뚱해서 연애 대상에게
인기가 없다.

막상 적어놓고 보니, 낯부끄러울 정도로
뭐야,
고작 이런 거 때문에….
그렇게까지
힘들어 한 거야?
유치한 이유들 투성이었습니다.

눈을 감고
만약 이런 일로 괴로워하는 친구가
눈앞에 있었더라면

스스로를 미워하고 끊임없이 갉아먹는
타인을 봤더라면
나는 뭐라고 얘기해줬을 지 상상해봤습니다.

사람을 좋아하고,
야! 뭐 그런 걸 갖고 침울해지냐?
남들도 다 그러고 사는데!
불완전함에서 느껴지는 사랑스러움을 어여쁘다 여기는 나는

세상에 완벽한 사람이 어디 있냐? 다들 그래!
그러니까~
분명히 이렇게 말했겠죠.

사실 그 말은, 내가 나에게
너무 스스로를…
몰아세우지마….
누구보다도 먼저 건네어야 할 위로였습니다.

스스로를 사랑해주기로 결심한 후
가장 먼저 거울을 보기로 했습니다.

외모 콤플렉스가 심했던 터라
반사되는 내 모습을 보는 것 자체가
너무나도 고역이었지만

…!!!

그래도 피하지 않고 뚫어져라
나라는 사람을 들여다보며
익숙하게 써오던 미운 말들 위에
예쁜 말들을 덮어쓰기 시작했습니다.

날카롭게 쭉 찢어진 작은 눈은
쌍꺼풀이 뚜렷한 총명한 눈으로.

지저분한 입가의 점은
시선을 사로잡는 매력점으로.

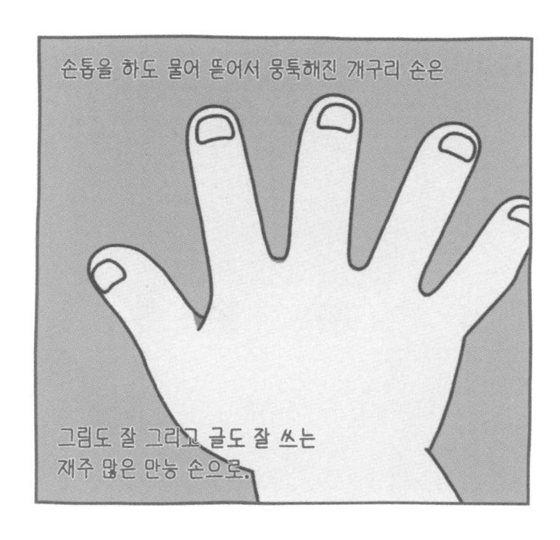
손톱을 하도 물어 뜯어서 뭉툭해진 개구리 손은
그림도 잘 그리고 글도 잘 쓰는
재주 많은 만능 손으로.

그렇게 매일매일, 시간을 정해놓고
거울을 뚫어져라 바라보면서
지저분한 피부가 아니라
땡볕에도 끄떡없는 피부!
웅졸해 보이는 입이 아니고
똑 부러진 입!
정신 없는
반곱슬이 아니고
풍성한 머리숱!
사소한 것들 하나하나
긍정적인 표현으로 바꿔보았습니다.

그리고 어느 순간,
정말 내가 보기 좋아졌습니다.

어쩌면 나는

나의 편견이었는지도

누군가와 교류하는 과정에서
나는 네모가 좋아!
아, 그래? 난 세모가 좋은데.
나와는 다른 견해를 가진 상대방을

과거의 긍씨
헐, 세모를 좋아한다고?
네모 좋아한다고 괜히 말했나?

너는 세모를
좋아하는구나?
있는 그대로 받아들이려고 했고,

어느 정도 익숙해지고 난 후에는
세모의 어떤 점이
매력적이라고 생각해?
음, 그게 말이지!
한층 더 나의 포용력을 넓히는
응용법도 활용할 수 있게 되었습니다.

자괴감 바깥의 세상에 나를 내놓으면
초라한 내 모습을 더욱더 미워하게 될 줄 알았습니다.

하지만
!

더 넓고, 자유로운 세상을 맞이하면서
나는 내가 더 좋아지기 시작했습니다.

"아빠, 발 많이 불편하지?"

침대에 누워있는 별씨에게 물었다. 별씨는 천천히 눈을 깜빡이며 입을 열었다.

"피아- 아호아이아, 부혀애. (피가 안 통하니까 불편해.)"

"많이 아파서 힘들지?"

"아프언 괘하아. (아픈 건 괜찮아.)"

아픈 건 괜찮다니? 별씨는 고개를 갸웃하는 나를 물끄러미 바라보다가 다시 말을 이어갔다.

"아무 거호- 안 느혀히하하, 그헤 더 무허어. 그해허, 아흔게 아아. (아무 것도 안 느껴질까 봐, 그게 더 무서워. 그래서, 아픈 게 나아.)"

더 이상의 자유로운 거동은 불가능하지만, 그렇다고 해서 모두 잃은 것은 아니었다. 좋아하는 프로그램을 볼 수 있는 온전한 시력, 가족들의 목소리를 들을 수 있는 청력, 맛있는 음식의 냄새를 맡을 수 있는 후각, 오늘도 이 땅에 살아 있음을 느끼게 해주는 감각만큼은 별씨를 떠나지 않고 그 자리에 머물러 있었다. 처음에는 이토록 저주스러운 나날을 고스란히 느끼도록 만든 몸이 미웠지만, 돌이켜 생각해보면 그 와중에 '이 생생한 감각이 남은 데에는 뭔가 뜻이 있기 때문은 아닐까?'라는 생각이 들었다고 한다. 입버릇처럼 말해오던 '목적이 있는 삶'은 이제 끝났다고 생각했건만, 관점을 바꾸고 나니 또다른 목표가 피어났다고 별씨는 고백했다. 언젠가 이 레이스가 끝나더라도, 천국 문 앞에서 '할 만큼 했다'라고 떳떳하게 고개를 들고 걸어가겠다고.

"아하으, 우게히벼-으, 치후 사이호 해어! (아빠는, 루게릭병을 친구 삼기로 했어!)"

느릿하게 주먹을 움켜쥐며 별씨는 호기롭게 웃었다. 건강하던 그때처럼. 당신이 원하는 만큼의 미소를 지은 것인지는 알

수 없었지만, 적어도 내 눈에는 세상 그 누구보다도 유쾌하고 호탕한 웃음을 머금고 있는 듯 보였다. 누구보다도 큰 절망이 심장을 할퀴고 갔을 텐데, 누구보다도 잃어버린 혼자만의 꿈과 기회가 아쉽고 원통했을 텐데. 원하는 바를 이루고 지켜내기 위해 불태우던 몸의 열정이 사그라든 자리에 그는 정신의 유산을 꽃피우기로 마음 먹은 것이었다. 나라면 과연 응당 내 것이라 여기던 것을 빼앗기고도 별씨처럼 다시 마음을 굳게 세울 수 있을까? 별씨의 눈빛 속에는 아직 긍정의 마음을 잃지 않은 강인한 붉은 불꽃이 생동감 있게 활활 타오르고 있었다.

떠나버린 것, 떠나가는 것은 돌이킬 수 없다. 그렇다면 곁에 남은 것에 집중하리라. 우리도 모르는 사이에 별씨는 이미 단단해지고 있었다.

아빠가 나에게 물려준 것

다시 나를 아끼게 된 과정에서
어이!
딸!
이 분의 공이 빠지면 섭하겠죠.

전형적인 우리네 아버지이자
우울함 그런 건 다 시간이 남아돌아서 생기는 거야.
의지만 있으면 다 이겨 내! 요즘 애들은 나약해서 문제야.
강인함만이 모든 문제의 해결책이라
굳게 믿고 살아온 별씨는

바다 건너에서 무너져 가는 딸을 건져 올리기 위해
딸이 요즘 상태가 이런데
애비가 되어가지고 해줄 수 있는 게 없네요….
혼자 상담센터를 찾아가길 주저하지 않았고

몇 십 년간 고지식하게 쌓아온 자기만의 틀을
요즘은 전문가 도움 받는 거 하나도 부끄러운 게 아니야!
혼자서 이겨 낼 필요 없어! 얼마나 세상이 좋아졌는데!

엄마랑 아빠가
늘 여기에 있는데
뭐가 무서워?
힘들면 언제든지
한국으로 와.
자식을 위해 모두 부숴버렸습니다.

우리는 네가
무사히 태어나준 것만으로
이미 다 받았어.

하고 싶은 걸
스스로 찾아가고
착하고 예의 바르게
살려고 노력하는 것
자체로 이미 기특해.

꼭 대단할
필요는 없잖아?
그냥 네가 너인 게
엄마, 아빠는 자랑스러워.

자괴감이란 언제 찾아올 지 모르는 감정이죠.
긴긴 터널을 지나고도, 언젠가 또
내 마음을 헤집어 놓을 수 있다는 것도 잘 압니다.

하지만 이제 나는 터널을 지나며 얻은
나에 대한 자긍심으로
와라!
앞으로 다가올 시련들도 흘려 보내며
나를 더 자랑스러워 할 것입니다.

언젠가 다가올 우리의 마지막

하지만 이 작은 기록들을 시작한 이후로
나의 마음가짐은 많이 달라졌습니다.

예전에는 그저
별씨와의 이별을 생각하면 눈물부터 나고

"별씨가 다져준 이 땅이 무너지면
혼자서 살아갈 수 있을까?" 하는 생각에
막막하기만 했는데

우리의 추억을, 그리고 현재를 기록하면서
별씨의 의미와 남은 이들의 역할에 대해
다시금 생각하게 됩니다.

아버지로서, 남자로서, 한 인간으로서
그가 쌓아 올린 시간들은
남들처럼 실수와 후회,
기쁨과 교훈의 연속이었습니다.

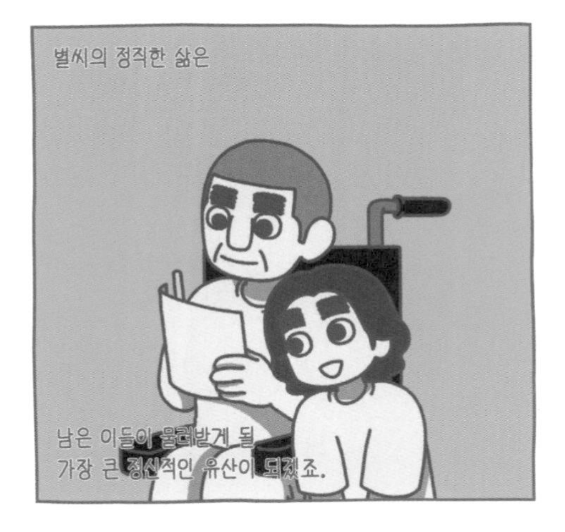
별씨의 정직한 삶은
남은 이들이 물려받게 될
가장 큰 정신적인 유산이 되겠죠.

받았던 것을 베푸는 것에 아쉬워하지 않고
별씨가 준 보편적이고 커다란 사랑과
용기를 잃지 않고 살아가는 것.

그것이 별씨가 언젠가 긴 여행을 떠날 때
우리 가족에게 바랄 단 하나의 소원이라는 걸
이제는 알 것 같습니다.

누군가를 지켜보고, 지켜줘야 하는 이들이
그 사람에게…
제가 뭘
해줄 수 있을까요?
모두 갖고 있을 딜레마.

사실 누가 뭐래도 제일 힘든 사람은
육체적 자유를 잃어버린 당사자인데

속상함과 안타까움이라는 미명 하에
그때
그런 일만 없었어도….
어쩌다가
이렇게 됐니?
가여워라….
우리는 너무나도 쉽게 그들 앞에서
이런 말을 내뱉곤 합니다.

그런 말을 듣는 이는
…
사람들에게 자신이 슬픔을 주는 존재라고
인식하기 쉽습니다.

아프고 싶고, 다치고 싶은 사람은
이 세상에 단 한 명도 없습니다.

내가 누군가의 짐이 될지도 모른다는
생각이 드는 순간,

그러게….
나 어쩌다가
이렇게 된 걸까?
사람은 순식간에 무너집니다.

대신 아파줄 수도, 고통을 덜어줄 수도 없지만
그래도 우리가 할 수 있는 것이 있다면

따뜻하게 안아주는 것. 그리고…

예기치 못한 인생의 소나기에
흠뻑 젖어버린 이가
네 잘못으로
일어난 일이 아니야.
그러니까
어찌할 수 없는 일로
미안해 하지마….
마음까지 젖어버리지 않게 해주는 것이 아닐까요?

외로움 똑바로 마주하기

외로움은 이제 더 이상 나에게
어이구, 무서워라~
크르르롱~
공포의 대상으로 군림하지 못합니다.

왜냐하면 나의 모든 크고 작은 성장은
오롯하게 홀로 있을 때 이뤄졌기 때문이죠.

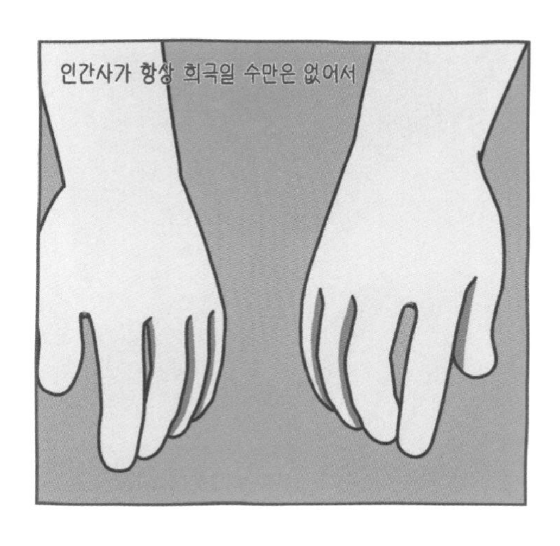
인간사가 항상 희극일 수만은 없어서

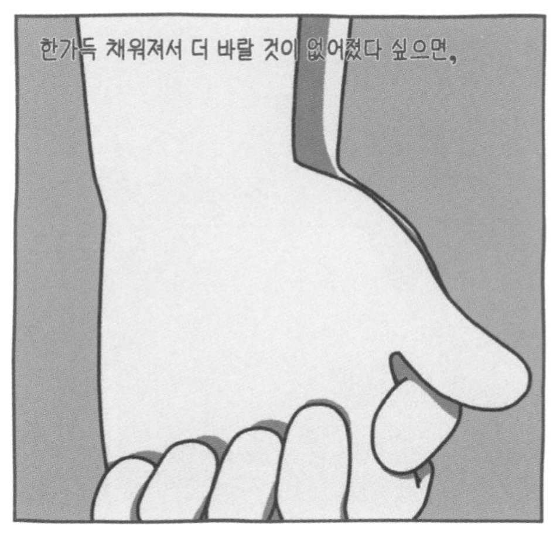
한가득 채워져서 더 바랄 것이 없어졌다 싶으면,

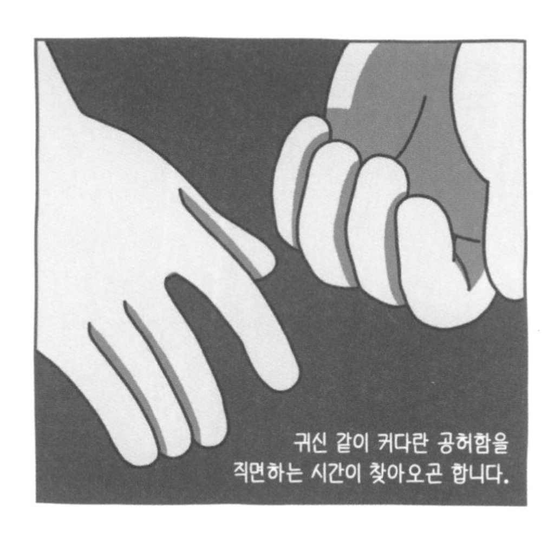
귀신 같이 커다란 공허함을
직면하는 시간이 찾아오곤 합니다.

처음에는 그 고독함이 비참한 엔딩인 줄 알고
어떻게든 억지로 빈자리에
사람을 꾸려 넣으려고 했지만

결국 또 비워지는 자리에 남는 건
허망함과 자기 혐오뿐이었습니다.

지금도, 앞으로도 끊임없이
외로울 것 같습니다.
외로움은 정신 없는 일상 속에도
예리하게 침투하니까요.

하지만 이제는
찾아오는 외로움을 똑바로 마주합니다.

그리고 물어봅니다.
너는 이번엔 또 얼마만큼
내가 나를 알고 클 수 있게 해줄 거니?

내가 행복해야
아빠를 지킬 수 있으니까

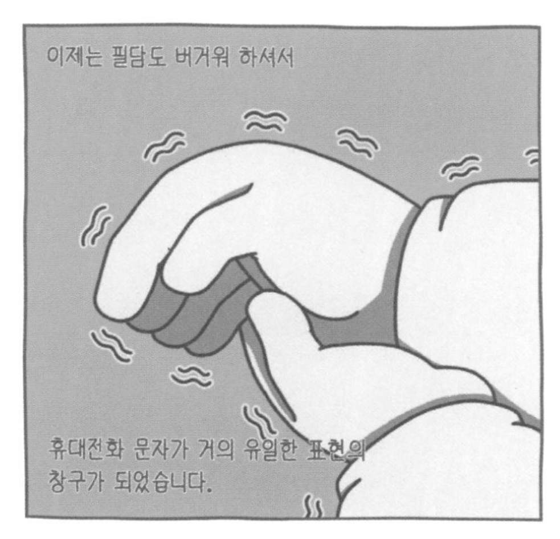

그리고 우리들은
이젠 요양원도
먼 얘기는 아니겠네….
그래도 엄마가
케어할 수 있는 한
최선을 다할 거야.
당장은 아니야.
조금씩 다음 스텝을
생각하기 시작했습니다.

여전히 불편한 참견들이
그래도 가족들이
돌보는 게 도리지!
요양 병원에 아픈 부모들
보내는 건 너무 이기적이야.
왜 너희만
편하게 살려고 하니?
우리 가족 안으로
비집고 들어오지만

다행히 이제는
남 얘기는 항상 쉽지.
그런 말들은 가볍게 무시할 만큼
단단해졌습니다.

그럼에도 불구하고, 아직도 불안합니다.
아하하하!

…

별씨는 저렇게 아픈데
'나만 행복해도 되는가'에 대한 불안감

…

그래도 결국 행복하기로 했습니다.
그만큼 더 책임감 있는 강한 사람이 되어
나의 별씨를 지킬 거니까.

결혼할까요?

그럽시다!

각자의 고유함을
존중받아 마땅한
세상 속,
그 수만큼
다양한 가족들이
만들어지고 있습니다.

스스로가 세대주이자 유일한 혈육인
혼자만의 안락한 삶을 꾸려가는 사람도 있고

내 의지와 상관 없이 필연적으로 만들어진
"첫 가족"이라는 세상을 지나

내가 선택한 사람과
두 번째 가족을 일구는 사람도 있습니다.

엄마와 별씨가 강원도로 이주한 후
다시 한 번 시작된 혼자만의 삶.
아니, 양말 한 짝은
매번 어딜 가는 거야?
RRR-
딱히 외롭거나 벗어나고 싶다는
생각은 들지 않았습니다.

내 삶에 온전히 집중하며
건실하게 사는 것도 즐거웠습니다.
어~ 간지!
무슨 일이야?
너 소개 한번
받아볼래?
내 옛날 직장 동기의
남편의 친구!

그렇게 서툴게나마 홀로 오래 다듬은
나름의 철학 덕분이었을까요?
완전 생짜 타인이잖아
ㅋㅋㅋ
부담 없고 좋네.
연락처 넘겨줘!

...
...

나는 나에게 꼭 맞는 그를 한눈에 알아볼 수 있었습니다.
결혼할까요?
그럽시다.

각자 만들고
함께 확장하는 우리의 세계

'그를 만나 상처투성이 내 인생은 구원받았고, 반쪽짜리 삶은 더할 나위 없이 완벽해졌다.'

당연히 거짓말이다. 구원? 완벽? 웃기는 소리! 평소의 신념과 정반대되는 이런 문장을, 내 손으로 썼다는 사실을 알게 된다면 아마도 나의 동반자는 파안대소를 할 것이다. 앞으로 장난칠 구실이 떨어질 때마다 매번 이 페이지를 펼치며 나를 괴롭게 할지도 모르지. 다소 아찔한 미래의 모습이다.

"각자의 인생까지 서로에게 책임 전가하지는 맙시다."

"내 딜레마는 내가 할 수 있는 데까지는 잘 다독일게요."

혹자가 들으면 야박하게까지 들릴 법한 말들이 지금도 우리 사이에서 수시로 오간다. 서로 다른 환경에서 개인을 튼튼히 다지는 일에 몰두하던 세월이 길었기 때문일까? 새로운 법적 관계를 맺는다고 해서, 그것이 곧 '나'를 지우고 그 자리에 '우리'만을 채워 넣어야 하는 일이 될 수는 없다고 여겼다. 물론 그는 온전한 내 의지로 택한 가족이기에 당연히 내 삶에서 가장 중요하고 큰 영역을 차지한다. 그 당연한 애정과는 별개로, 소중하게 지켜내야 하는 존재로 서로를 의식한 순간부터 역설적으로 스스로를 컨트롤하는 힘을 더 강하게 길러야겠다고 다짐했다. 나조차도 감당할 수 없는 마음들로 나의 귀한 사람을 상처 입힐 수는 없으니까. 그래서였을지도 모른다. 가정을 이루기까지의 모든 과정이 무난하고 순탄할 수 있었던 것은.

매일 서로가 가지고 있는 크고 작은 상처들과 온갖 못난 감정들, 하다못해 죽음의 두려움을 상상하게 만드는 신체의 대소사마저 하나하나 솔직하게 고백한다. 아직도 알아가는 여정이다. 새로운 면모들에 눈이 동그래지는 순간도 다반사다. 동시에 놀라우리만큼 편하다. 거짓되게 꾸미거나 괜찮은 척을 할 필요는 없다. 삶의 그늘 하나쯤은 모두의 인생에 다 있다는 걸

전제로 흘러가는 대화이기에.

상대방의 모습을 있는 그대로 이해한다. 부정적인 일조차 긍정적으로 해석할 수 있는 각자의 역량을 믿는다. 곱지 않은 모습마저도 성장을 위한 자산임을 알고 있기에, 함부로 동정하거나 그 상처를 메꿔주려고 나서지 않는다. 그러다가 결국 스스로의 힘으로 해결되지 않는 순간이 찾아올 때, 우리는 가장 먼저 서로를 찾는다. 그가, 내가 함께 답을 찾아가는 고난의 여정에 올라서길 주저하지 않는다는 걸 잘 알고 있으니까. 우리의 세상은 여전히 따로 만들어지고 또 함께 확장되고 있다.

엄마와 별씨 사이에는 요란한 애정 표현은 없지만
한 치의 의심조차 없는 굳건한 신뢰가 있습니다.

너희 엄마는 법 없이도
살 사람이야.
본인이 허튼 짓하면
용서 못할 걸?
ㅋㅋㅋ
그렇지 ㅋㅋㅋ
바로, 의심할 일을 만들지 않을 거라는 신뢰.

가족이 1순위일 거라는 신뢰.
니네 아빠는 가족 외의 것에 한눈팔 위인은 못 돼.
아마 새끼들을 위해서라면 목숨도 내놓을 걸?
그래서 가끔 나도 저런 아빠 있음 좋겠다 싶어.

그… 뭐냐…. 질투나 의심 같은 거 해볼래요?
그래요. 먼저 시작해요.
아, 귀찮은데.
그럼 하지 맙시다.
어휴, 이런 것도 어릴 때 했어야 해!
나와 동반자의 관계도 그랬습니다.

뜨겁고 달콤한 로맨스는 없었지만
각자의 세계를 존중하면서
앞으로 마감이 많아서 집안일에 소홀할 수 있는 점 양해 부탁드립니다.
저는 괜찮습니다. 혼자서 잘 해낼 테니 힘내십쇼.
둘의 세계를 넓혀가는 방향은 늘 일치했습니다.

내일 외래 진료 받으러 병원에 가야 될 것 같아요. 미안해요. 쉬는 날 아침부터 움직이게 해서….
책임감은 늘 무겁고 고단한 것이라고만 생각했습니다.

그런 건 안 미안해도 되니까
그저 건강하게 하고 싶은 일
놓치지 말고
아쉬움 없이
잘 해내기만 해요.

...

이제는 압니다.
오래오래 건강해야지!
그래야 이 놈이랑 오래
행복할 수 있지!!!
이 책임감이 오히려 나를 더 나은 삶으로
나아가도록 성장시킨다는 것을.

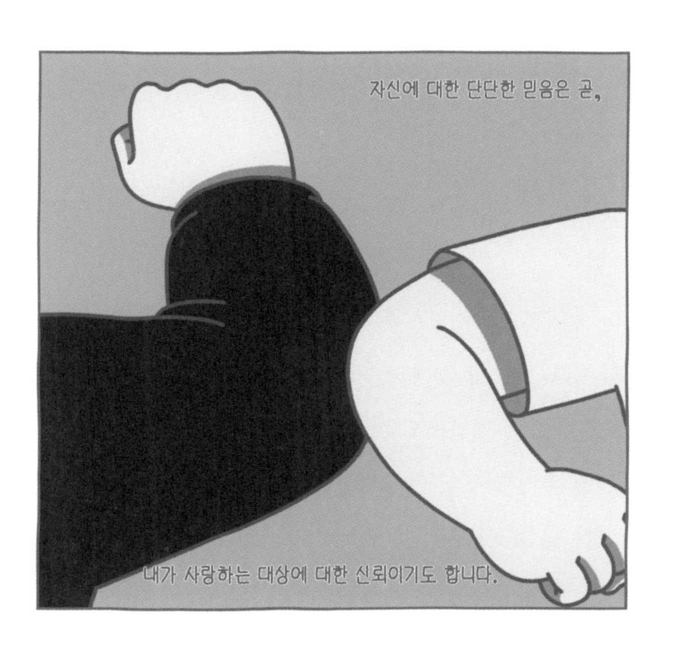
자신에 대한 단단한 믿음은 곧,
내가 사랑하는 대상에 대한 신뢰이기도 합니다.

암 환자가 되었다

'암'이라는 단어 앞에 붙는 모든 수식어는 아무리 긍정적인 의미를 내포할 지라도 0의 배수처럼 그 힘을 삽시간에 잃어버린다. 일찍 발견해서 다행이라는 안도감은 왜 하필 이런 흉흉한 일이 내 몸 안에서 일어났어야만 했냐는 절망감으로, 갑상선은 수술만 잘하면 별 탈 없이 남들만큼 살 수 있다는 구체적이고 긍정적인 확률은 애당초 암에 걸리지 않았다면 100%의 삶이 보장됐을 것이라는 분노로 쉽사리 치환됐다.

콘센트를 다시 꽂은 TV마냥 퍼뜩 정신이 돌아오자마자 눈앞을 가득 채운 회복실의 하얀 천장. 이윽고 몰아친 것은 숨 넘어갈 것 같은 고통과 수치심이었다.

'나, 정말 아무것도 몰랐었구나. 그런데도 아는 척하면서 살았구나.'

별씨의 기나긴 투병과의 동행은 세상을 보는 시야를 넓혀줬다. 아니, 넓혀줬다고 믿었다. 보고 싶지 않아도 들여다볼 수밖에 없었던 많은 이의 삶에는, 넘쳐나는 감정의 부조리와 철학적인 고민들이 가득했다. 어쩌면 나는 그것을 인식한 자체만으로 스스로가 남다르게 성숙해졌다고 착각했는지도 모른다. 그저 밝은 일상만을 영위하는 또래들은 감히 생각도 못할 세상을 인식했다는 것만으로도, 삶과 죽음을 논할 자격을 부여받았다 맹신했던 것일테지.

타인의 몸에 일어난 절망을 오래도록 지켜봤다는 이유로 교훈을 얻었노라 착각했던 벌이었을까? 그조차도 사실은 나를 드높이기 위한 도구로 써온 것은 아니었을까? 온갖 생각들이 몽롱한 정신을 빠르게 휩쓸고 지나갔다. 부끄러움을 동반한 반성 속에서 싹을 틔운 건 단 한가지 결심뿐이었다.

'겸손하게 살아가자. 무엇 하나 내 뜻대로 이뤄질 수 없는 것이 삶이라면, 적어도 허락된 삶만이라도 소중하게 여기며

살아가자.'

별씨의 변곡점을 통해 그럼에도 나아가야 한다는 교훈을 얻었고, 나의 변곡점을 통해 그렇기에 더더욱 겸허히 감사해야 한다는 교훈을 얻었다.

내 몸을 삶의 뭍으로 건져내고서야 새삼스레 다시 깨달았다. 당연한 것은 없었다. 건강한 몸도, 안녕한 오늘 하루도, 사람들과 나누는 웃음과 눈물과 분노도, 그 어느 것 하나도 얻어 마땅한 것이 아니었다.

생각해보면 참 어리석었습니다.
갑상선 초음파에서 결절이 발견됐는데, 모양이 썩 좋지가 않습니다.
큰 병원으로 가보셔야 할 것 같아요

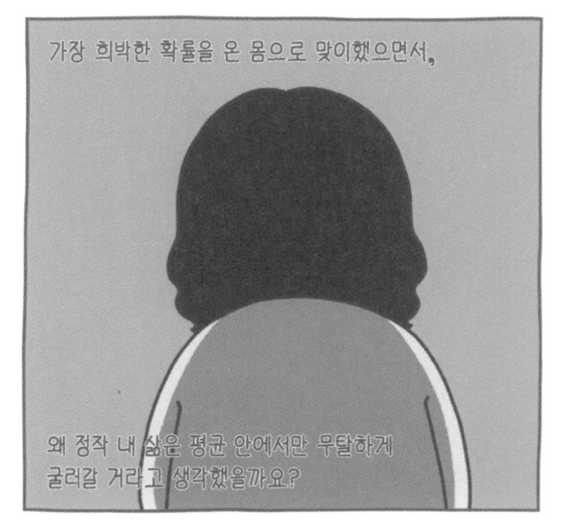
가장 희박한 확률을 온 몸으로 맞이했으면서,
왜 정작 내 삶은 평균 안에서만 무탈하게 굴러갈 거라고 생각했을까요?

억울했습니다. 많은 사람 중에 왜 하필
내가 암에 걸려야만 했던 건지.
왜! 왜 하필
우리 딸이야!
남들은 평생 몸에
칼 한 번 안 대고도 잘만 사는데,
왜 우리 딸한테 이런 일이
있어야 하냐고!!!

갑상선암이 원인이 되어
돌아가시는 경우는
거의 없습니다. 다만,
죽을 병이 아니라는 것 정도는, 이미 잘 알고 있었습니다

하지만 일어나지 않았으면 더 좋았을 일이기에
어쨌든 암이 암인 건
이유가 다 있으니까요.
쉽게 볼 문제는 아닙니다.
살 확률은 큰 위로로
와닿지 않았습니다.

그래도 마냥 일상을 내던질 수는 없었습니다.
입원은 3박 4일이니까,
딱 일주일만 쉬고 다시
복귀할게요, 원장 선생님.
더 쉬어야 할 것 같으면
바로 말씀해주세요.
일단 사람이 살고 봐야죠….

띠링
책임져야 할 삶과 책임지고 싶은 사람들이 있었고,
무엇보다도…

…

우리딸잘해낼거야아빠가많이기도할게힘이못되줘서미안해그래도많이사랑하는거알지너는아빠딸이잖아다좋아질거야사랑한다

그들을 더 이상 슬프게 하고 싶지 않았습니다.

나에게는

장수 목걸이가 있어!

삶이 다시 시작됐는데
이까짓 몸의 상처가
뭐 그리 대수일까요?

더 아프지 않고 살아난 내 몸이
목주름이 원체 세서
멀리서 보면 분간도
안 되는 구만 뭘ㅋㅋ
기특하고 고마울 따름이었습니다.

시집도 안 간 아가씨가
그렇게 목에 흉이 생겨서
어째….
흉터 없애는 시술
안 받을 거야? 스카프나
목걸이로 가리고 다녀.
이 흉터를 나의 흠이라고 여겼다면
마음은 빠르게 위축됐겠죠.

우리 딸 장수 목걸이
걸었네?
이제 더 건강하게
오래 살 일만 남았어!

이거 좀 봐 봐요.

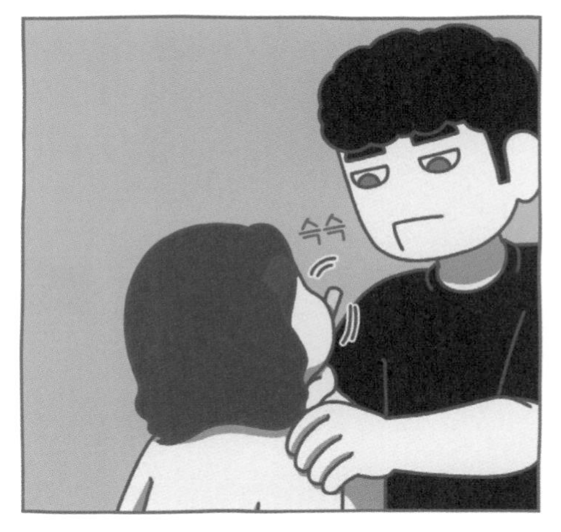
슥슥

짠
아하하하!!!

다정한 사람들 덕분에 이 녀석과
평생을 살아가기로 마음먹었습니다.
이건 그저 '흉'일 뿐, '흠'이 아니니까요.

다음에 다시 태어나도
우리 딸 낳을래.
꼭…
우리 딸이어야만
해.
이 세상에서 내가 꼭 필요하다고
말해주는 존재가 있습니다.

곰곰이 생각해봤습니다.
나도, 오로지 그들이어야만 할까?

...

함께 지내온 시간을 떠올립니다.

아쉬움과 미움이 가득했던 지난 세월을
벗어나기 위해 열심히 달려온 나날들.

화려한 것은 아니더라도 가장 예쁜 것을
쥐어주고 싶어 한 나날들.
Z Z Z

성실함과 따스함의 가치를
삶에서 실천하며 보여주던 나날들.

내가 그들에게 받은 마음은
절대 값을 매길 수 없는 사랑이었습니다.

나 역시, 두 사람이어야만 합니다.
다음에 다시 태어나도
또 엄마, 아빠 딸로 태어날래.

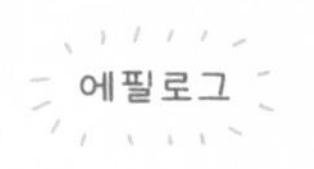

우리를 만든 모든 세계에게 감사해

돌이켜 보면, 너그러운 마음들 덕분에
무탈히 자랄 수 있었습니다.

남을 돌아볼 줄 모르던 이기적인 마음,

제대로 된 노력 없이 내뱉던
불평, 불만, 질투심.

오직 나만 겪는 줄 알았던
삶의 크고 작은 불행들.

참 요란히도 그것들을 드러내고 살았음에도
인자한 사람들이 주변에 머물러주었습니다.

그들 덕분에 나는 휘어질지언정
부러지지 않았고

주저앉을지언정 가라앉지 않았습니다.

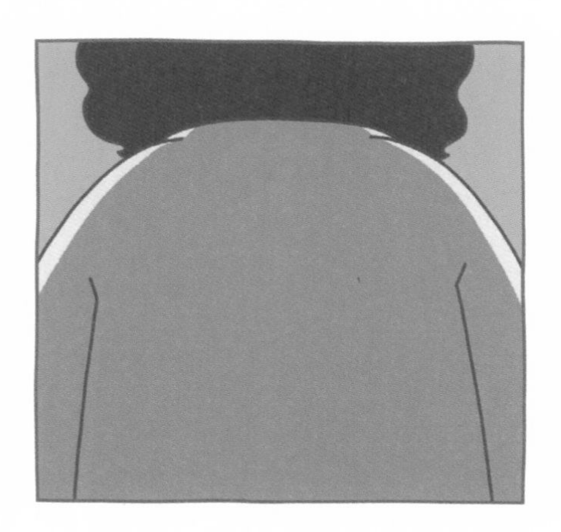

여러 세계의 마음들이 모여 나는 성장했고,
앞으로도 살아갈 것입니다.

나 또한 누군가를 키우는
마음이 되고 싶습니다.

저의 그림과 글이 '작품'이라는 이름으로 거듭날 수 있도록 해주신 팬분들께 가장 먼저 고개 숙여 감사 인사를 전하고 싶습니다. 그동안 허락받았던 귀한 기회들이 혼자만의 오만한 역량으로 이룰 수 있는 것이 절대 아님을 잘 알고 있습니다. 이 짧은 문장 안에 황송하고 벅찬 마음을 꾹꾹 담아 보내봅니다.

저의 기록을 통해 위로받는다고 말씀해주시는 당신에게, 오히려 제가 더 많은 위로와 용기를 얻으며 살아가고 있다고 말하고 싶습니다. 저보다 더 저의 이야기를 귀하게 여겨주시고 세상에 널리 알려질 수 있게 심혈을 기울여주신 위즈덤하우스의 김소정 에디터님, 그 어떤 고백들에도 심적으로 위축되지 않도록 등 뒤에서 든든히 받쳐주고 응원해준 가족들, 지난한 작업의 과정에만 오롯이 몰두할 수 있도록 살뜰한 보살핌과 지원을 아끼지 않은 동반자 사부작메이트, 허물 많은 제 삶을 늘 너그러이 용서해주고 함께 걸어준 주변의 모든 분들에게도 큰 감사의 인사를 전합니다.

마지막으로 그 이름 뜻 그대로 세상 속에서 가장 찬란하게 빛나는 사람이고 싶었던 나의 아버지 별씨에게, 가장 크고 고운 존경과 사랑을 담아 이 책을 바칩니다.

당신의 역사를 기록할 수 있음은 내 삶의 가장 큰 영광입니다.

우리 오늘도 살아 있네?

초판 1쇄 인쇄 2023년 12월 11일
초판 1쇄 발행 2023년 12월 20일

지은이 궁씨
펴낸이 이승현

출판1 본부장 한수미
라이프 팀
편집 김소정
디자인 타입타이포

펴낸곳 ㈜위즈덤하우스 **출판등록** 2000년 5월 23일 제13-1071호
주소 서울특별시 마포구 양화로 19 합정오피스빌딩 17층
전화 02) 2179-5600 **홈페이지** www.wisdomhouse.co.kr

ⓒ 궁씨(박은선), 2023

ISBN 979-11-7171-090-4 03810

· 이 책의 전부 또는 일부 내용을 재사용하려면 반드시 사전에 저작권자와 ㈜위즈덤하우스의 동의를 받아야 합니다.
· 인쇄·제작 및 유통상의 파본 도서는 구입하신 서점에서 바꿔드립니다.
· 책값은 뒤표지에 있습니다.